Una reencarnación histórica, mística...

NOVELA

Los Naranjos

EDITORIAL PRIMIGENIOS

Una reencarnación histórica, mística...

NOVELA

Salomón Leroux

Los Naranjos

EDITORIAL PRIMIGENIOS

Primera edición, Miami, 2022

ISBN: 9798817843729

Edita: Editorial Primigenios
Miami, Florida.
Correo electrónico: editorialprimigenios@yahoo.com
Sitio web: https://editorialprimigenios.org

Edición y maquetación: Eduardo René Casanova Ealo

A manera de presentación

En *Los Naranjos*, la novela, la hacienda cafetalera de igual nombre es un *leitmotiv* que no solo es marco, es también protagonista con sus cafetos en flor bañados de roció y fragancias o cubiertos del polvo pertinaz de los barrancos arrastrados por los vientos, a veces briza, a veces casi tornado; las aguas murmurantes de tristezas y alegrías, cantarinas, del arroyo, los trillos empedrados de lágrimas de esclavos, conciliábulos amorosos o libertarios.

Salomón Leroux es mujer infiel, literariamente hablando, nos provoca, nos conquista con un lenguaje coloquial, sin afeites, en un discurso narrativo directo, claro, en el que traspone épocas y lugares, con personajes distintos, que pudieran ser los mismos, trastocados por una reencarnación histórica y mística. Pero Leroux es engañosa y se burla de nosotros en su aparente simplicidad, tendiéndonos trampas al bridarnos en vasija de lata un fino vino de recónditas esencias, pues tras la aparente simpleza existe un abigarrado entresijo de posibles lecturas, dejando en la cultura y sensibilidad del lector la final tarea de interpretar y disfrutar de las mieles en la profundidad del obre.

Como en el rito masónico los símbolos son esencia, encarnaciones de sentimientos y verdades humanas de múltiples aristas. *Los Naranjos* es gota de arsénico cubierta de miel, el dolor de la soledad, el desarraigo, la brutalidad de la esclavitud, el sexo sin amor y el amor más allá de la existencia física, encarnando la presencia de la ausencia, nos llegan en esta novela de forma casi susurrada como el soplo materno sobre la herida del niño, que siente en el aliento de la madre toda la sanidad del mundo,

Salomón logra apresarnos desde el inicio y con suave brisa empuja la barcaza de la lectura hasta llevarnos al puerto feliz del final. Sin alardes retóricos, la maestra que es Leroux nos da una lección de constancia con la sencillez de las verdades profundas.

Augusto Lemus Martínez
Las Vegas 2022

Capítulo 1

La Universidad

3 de octubre de 1987.

El estudiante va de prisa, lleva unos papeles en la mano izquierda con los que se da acompasadamente en el muslo, es extremadamente delgado, por eso aparenta ser más alto; tiene el pelo rubio y lacio, éste le cae sobre la frente. Camina por el amplio paraje que lleva a la facultada de arquitectura. Los árboles del jardín entretejen sus ramas y forman un túnel lúgubre a esa hora de la tarde en que el sol decae. El viento frio hace que el sitio parezca más solitario.

Llega a la puerta cerrada, toca y alguien desde adentro dice:

—Pase.

Al entrar ve a la mujer de pelo negro y rostro hermoso. Ella levanta la vista y se encuentra con los ojos verdes del joven que le entrega unos papeles, luego comienza a leerlos mientras le dice:

—Llegas temprano.

—Si la interrumpo puedo esperar afuera.

—No, siéntate, estaba revisando los nombres de los integrantes del equipo. ¿Cómo se pronuncia tu apellido?

—Yuverr

—¿Yuver?

—Arrastre un poco más la r, Yuverr.

—¿Es francés?

—Si, el nombre también “Jean Joubert” — dice el joven acentuando la pronunciación.

La mujer sigue leyendo y Jean frente al ventanal pretende mirar hacia la avenida, pero en realidad contempla el reflejo del rostro de la dama en el cristal y le pregunta:

—Perdone profesora, ¿Qué edad tiene?

Ella se sorprende, pero disimuladamente responde:

—¿Qué edad represento?

—Más de veinticinco y menos de treinta. En realidad, eso no tiene importancia, creo que cuando tenga ochenta seguirá siendo bella.

La mujer se sonroja y mira hacia la puerta por donde entran otros estudiantes a los que les anuncia:

—El equipo está completo, son cinco en total y Jean es el jefe del equipo por ser el que más se ha interesado en las construcciones francesas.

—Profesora, ¿Cree que debamos llevar algunos materiales? –pregunta Odalis.

—No, lo más importante es que recuerden lo que han leído, no llevaremos en esta ocasión nada más que lo necesario, nadie ha llegado allí en mucho tiempo y debemos andar ligeros para poder movernos con facilidad, lleven con qué dibujar y medir. Yo llevaré la cámara para tomar fotos y grabar.

—Bueno, ¿Alguien nos va a guiar?

—No lo sé, según me han dicho aún hay cafetaleros en la zona, pero no tengo noticia si los han podido contactar. Recuerden que los franceses huyeron de Haití en el siglo XIX y en los primeros setenta años construyeron esos cafetales en la zona montañosa del oriente de la isla. Muchos de los que viven en esas poblaciones aún hablan lo que llaman francés patuá, una mezcla entre el francés original y la pronunciación de las palabras con similitud en los idiomas africanos.

—Si, sabemos de eso – sigue diciendo Clara – y también de la forma en que se organizaron las plantaciones. Eran fincas de producción mediana y con una dotación de esclavos no mayor a 40.

—Efectivamente, veo que han leído. No olviden que no solo vamos a investigar la casona y las áreas aledañas, también para los de urbanismo es importante que descubramos los caminos y la distribución de los edificios de habitad y producción. Saldremos mañana a las 5 AM. Espero que sean puntuales.

Capítulo 2

Jean

Llevar el nombre de su padre y abuelo es algo que lo enorgullece. Su bisabuelo llegó al país a finales del siglo XIX, involucrado con los independentistas procedente de Europa. En 1903 se casó con una criolla y tuvieron un solo hijo, al que también llamaron Jean y este a su vez a su primogénito, el padre del estudiante de arquitectura, que siendo padre soltero lo crio prácticamente solo, pues su esposa decidió emigrar a otro país. Por muchos años Jean quiso saber de ella, porque solo conservaba unas fotos de cuando era bebe, pero pasó el tiempo y ella nunca dio señales de su paradero.

Estudiar lejos de su casa fue una decisión difícil, le atormentaba la idea de dejar solo a su padre, sin embargo, fue éste el que lo animo a seguir su sueño de ser arquitecto. Desde niño le ha gustado dibujar y pintar edificios, primero los de su barrio y después de los de cualquier lugar por donde pasara, así que los edificios y los espacios públicos de la ciudad han sido el motivo de su arte. Comenzó desde joven a imaginar cómo le gustaría que fueran las casas que se construirían. Modificar su entorno ha sido su reto.

Jean siempre se ha considerado un artista y defiende continuamente el concepto de la arquitectura como una de las bellas artes. Para él, un arquitecto debe hacer su obra de forma completa, como una combinación de la necesidad, el propósito, el arte y el placer de crear algo, que indiscutiblemente, será parte de la vida de muchas personas, indirecta o directamente. Considera que la arquitectura conecta todas las demás expresiones artísticas con la vida.

El joven se ha enfocado en lograr el éxito graduándose con las mejores calificaciones para que su padre se sienta orgulloso de él; por lo que su modo de realizar los proyectos y sus habilidades con el dibujo son motivo de la admiración de los demás estudiantes y profesores; consideran que tiene un talento natural y muchos desean trabajar con él. En ocasiones sus ideas han sido motivo de discusión por lo novedosas y diferentes.

Jean es admirador de las obras del que considera uno de los mejores arquitectos de la América hispana, el mexicano Ricardo Legorreta. Pero es la arquitectura colonial en Latinoamérica lo que más le interesa investigar y en ella basa la mayoría de sus diseños, reinventando y recreando las estructuras de los edificios construidos en la etapa colonial.

Siempre ha tenido pocos amigos, pues pasa la mayor parte del tiempo dibujando. Su pasión por conservar la historia, pero dándole un toque de actualidad, hace que continuamente dibuje edificios conocidos con un toque moderno. Siempre está leyendo sobre técnicas de construcción, nuevos materiales y novedosas formas estructurales. Los demás estudiantes se preguntan si no le interesa otra cosa y jocosamente dicen que las amantes del joven son los libros. La verdad es que Jean solo ha tenido relaciones cortas con jóvenes de la escuela. Él sabe que es un hombre que las mujeres consideran interesante y apuesto, pero sobre todo con carácter calmado y seguro de lo que desea, por eso siempre hay alguna mujer interesada en su "amistad".

Sin embargo, el mejor amigo de Jean es su padre, con él conversa las cosas que no le diría a nadie, sabe que éste lo apoya e impulsa a lograr sus objetivos, existiendo entre ellos una relación de confianza y conocimiento uno del otro. "El viejo", como le llama, es su más preciado tesoro, el motivo de su admiración debido al sacrificio del hombre que ha sabido ser padre y madre, pero sobre todo por enseñarle que la familia es aquella persona que está contigo en todo momento sin importarle nada más que tu felicidad. Él está orgulloso de llevar el apellido Joubert.

Mas allá del estudio y la relación con su padre, hay algo que ocupa la mente del joven y es que Jean pierde su habitual tranquilidad cuando está cerca una de las profesoras de la facultad, mujer que él persigue con la mirada por los pasillos de la universidad. Ella es la encargada de la investigación sobre las construcciones de los cafetales franceses de la zona oriental del país, proyecto en el que él ha deseado trabajar desde el comienzo de la carrera y al que por fin se ha incorporado, siempre con la ilusión de poder hacer su tesis de grado sobre el tema y también, por qué no, conocer a esa profesora.

Capítulo 3

La profesora

La arquitecta tiene 32 años, ha trabajado duramente para permanecer como la única mujer en la facultad de arquitectura y específicamente en el departamento que investiga las construcciones coloniales en la zona cafetalera. Siempre ha sido una persona decidida a cumplir con todo lo que se propone, es muy independiente y no está acostumbrada a consultar sus asuntos personales con nadie.

La profesora es hija de una mujer blanca con un hombre negro, por lo que su familia es muy variada, sus tres hermanos son de piel oscura, como su padre, altos y envidiablemente musculosos. Su hermana es una mulata hermosa, con anchas caderas y pechos prominentes, labios rojos y carnosos resaltando su blanca dentadura. Ella es delgada y de piel blanca, como la de su madre, con el pelo largo, ondeado y negro, casi siempre lo trae suelto; tiene una amplia sonrisa y grandes ojos que delatan fácilmente sus emociones; mantiene siempre la postura erguida y viste mayormente pantalones, con los que pretende ocultar sus torneadas piernas de basquetbolista.

Desde pequeña ha sido impulsiva e independiente, mientras las otras niñas jugaban con muñecas, ella leía y andaba investigando insectos y mariposas. Su padre le enseño a tocar la guitarra desde los cuatro años; él es un cantante de boleros y son montuno, pero la música clásica española es lo que ella quiso interpretar siempre.

Por ser la única mujer en el departamento, todos la llaman la profesora, a secas, en ocasiones por su apellido: “Rojas”, pero ella prefiere lo primero, piensa que mantiene marcada la distancia con los alumnos, pues es la más joven de los profesores, por lo que muchas veces la confunden y piensan que es una alumna más.

Cuando terminó la carrera de arquitectura estaba comprometida para casarse y unos meses antes de la boda, ella rompió el compromiso, reconoció que no estaba enamorada y que creía que el matrimonio no era algo para lo que estaba preparada, que, a pesar de ver a sus padres casados por más de 30 años, ella aun dudaba si alguna vez realmente desearía hacerlo. Los hombres que la conocen siempre temen correr la misma suerte del antiguo novio.

Su abuela materna era una mujer muy cristiana y la llevaba desde niña a una pequeña iglesia pentecostal cerca de su casa, siempre llegaban temprano para escuchar los ensayos del coro. Ella leía las partituras de los himnos y se las aprendía para tocarlas luego en su guitarra. Cuando su abuela enfermó, ella rogaba a Dios que se sanara. Un día, al regresar de la escuela encontró al pastor en la casa y a toda la familia reunida, la señora había muerto, entonces, ella dejó la guitarra. Pasados unos diez años, en la universidad, volvió a tomarla cuando participó con otros jóvenes en un grupo musical, pero nunca más tocó los himnos que escuchaba en la pequeña congregación.

En la familia de su padre todos son descendientes de esclavos traídos desde Nigeria, en África. Ellos están orgullosos de su herencia y su padre participa activamente con los miembros de la religión yoruba; esto pudo haber sido un motivo de conflictos con la familia de su madre, pero en la casa siempre aprendieron a respetar el pensamiento de otros, y su abuelita fue la mayor responsable de la armonía familiar, diciendo que lo más importante era el amor, que, dentro de la casa, no se discutía ni de política, ni de religión.

Cuando se juntaban todos era otra historia, porque su padre era el único que se había casado con una mujer blanca y para colmo de otra religión. Sus hermanos no tenían problemas porque eran de tes oscura, pero la madre, su hermana y ella, parecían manchas de leche en medio de una taza de chocolate. Siempre terminaban siendo motivo de mofa porque no parecían pertenecer a la misma familia de sus primos.

La profesora conoce de los cristianos y de los yorubas, pero ha decidido creer en la ciencia, en la investigación, en tener los pies sobre la tierra; le cuesta trabajo creer en lo sobrenatural, en lo místico. Ella no ha conocido el verdadero amor de pareja, cree que los hombres son objeto de uso placentero, no desea ataduras, piensa que nunca se va a entregar a un sentimiento que considera innecesario y en ocasiones estorbo para lograr sus metas de ser una mujer exitosa e independiente.

Capítulo 4

El viaje

4 de octubre de 1987

Manuel, el padre de Odalis, sale al portal con una taza de café en la mano y anuncia que al llegar la profesora saldrán. El hombre es un campesino de grandes manos en las que resaltan los callos del azadón. El sol ha dibujado líneas donde termina la manga de la camisa. Sus ojos son pequeños y muy azules. Tiene una gran barriga que al sentarse en el Jeep le roza con el timón. Camina hacia el carro y Jean lo sigue llevando dos mochilas pesadas mientras ve llegar a la profesora. El resto del grupo impaciente se apresura a subir al vehículo.

Una hora más tarde están en la carretera saliendo hacia los cafetales. En el asiento delantero van Odalis y la profesora, detrás en asientos perpendiculares Ernesto y Jean en un lado, en el otro Clara y Andrés. El sol que nace da en el parabrisas y resalta el perfil de la profesora que mantiene una charla amena con el chofer. Al pasar por el primer pueblo, observan en silencio los dos kilómetros de viviendas a los lados del camino.

El lugar les recuerda uno de esos sitios fantasmales que han visto en películas con casas de madera y lo que parece ser una tienda donde hay unos caballos atados en la entrada. Se detienen y bajándose los jóvenes observan las ruinas de lo que pudo haber sido un asentamiento colonial de la época; del tiempo en que la caficultura, traída a las montañas por los franceses, incremento la construcción de viviendas más pequeñas y modestas que las de los centrales azucareros, e impulsando el comercio en la zona.

Preguntan a dos hombres recostados al mostrador si está muy lejos el camino a las haciendas:

—¿Qué hacienda? De ahí pa' allá solo hay ruinas y maleza.

—Es que nos dirigimos a esas ruinas.

—Bueno, sigan el sendero de piedras al final del pueblo, el que sale de la carretera, pero vayan con cuidado, es muy peligroso. Los mulos se resbalan y se caen, yo no sé si ese tareco (dice riéndose burlonamente y apuntando al vehículo) podrá llegar.

—Gracias, lo tendremos en cuenta.

Continúan su rumbo y unos metros más adelante ven la salida al pedraplén. Es un sendero estrecho y rocoso que hace que los jóvenes se diviertan con los saltos que provocan los baches del camino. Manuel se ajusta al volante y les pide silencio; al doblar en la curva pueden ver los farallones que ocultaba la montaña, grandes despeñaderos por los que ruedan las piedras que saltan al pasar el carro lentamente. Jean se corre y coloca su mano en el hombro de la profesora que asustada aprieta con fuerza el asiento.

El trayecto es largo y lo hacen en silencio, no quieren mirar al lado del barranco, porque parece que las ruedas del carro ajustan al borde del camino. Se empeñan en mirar al lado opuesto, a la montaña que se impone con su vegetación exuberante, pareciera que alguien se ha empeñado en que no se vean espacios sin maleza. No alcanzan a ver la sima, es una gran muralla, que con la humedad de la neblina aparenta un verde olivo intenso. Pueden ver los riachuelos que como hilos plateados bajan entre las rocas. Cuesta arriba solo se alcanza a ver las luces del carro en la carretera.

Al final hay una meseta y se detienen para ver el valle. Desde este punto observan los techos de tejas rojas curadas por el tiempo de la antigua casonas. Sentado en el borde con los pies colgando al vacío Jean contempla el lugar donde el verde oscuro de las plantas hace contraste con las nubes que parecen entrecruzarse con las ramas de los árboles y extiende su mano como para tocarlas. A lo lejos las palmeras resaltan su majestad entre los árboles frutales y más arriba los naranjos muestran destellos dorados que resplandecen con los primeros rayos del sol junto al otro lado de las montañas donde se encuentran los cafetales florecidos.

El joven vuelve la vista hacia la profesora que está de espaldas y trata de recoger su pelo agitado por el viento. Ella consciente de que él la observa se mueve lentamente y cubre su nuca, haciendo que el joven se levante y se acerque preguntándole si tiene frio.

—No, pero el viento me alborota el pelo.

—Si quiere le presto mi chaqueta, el aire está helado.

—Es el clima de estas montañas. El sol no calienta la tierra, hay mucha vegetación.

—De todas formas, tómela.

El joven coloca su chaqueta sobre los hombros de la mujer que por un momento siente el calor de la proximidad y se estremece.

Continúan el viaje por el camino en bajada que se hace cada vez más estrecho y rodeado de cedros tupidos, ya no pueden ver el cielo. El clima es cada vez más frio y la vegetación comienza a ser boscosa. Se deslizan por una alfombra de hojas caídas que los lleva el batey. Los reciben unos niños que juegan con el bastón de un moreno canoso que fuma tabaco sentado en un taburete. Preguntan:

—Señor, ¿Cómo llegamos a Los Naranjos?

—¿Quién va pa' Los Naranjos? ¿A que van? Ese carro no pue' subí. Hay que seguí a pie.

El hombre se ve contrariado, toma el bastón y lo mueve como una espada tratando de alejar a los visitantes. Aparenta unos noventa años, pero en realidad tiene más de cien, aún está fornido, aunque un poco encorvado, su pelo es encrespado y blanco. Se levanta y grita hacia dentro del bohío con palabras poco entendibles. La profesora desciende del carro y le pregunta al anciano si alguien vive en la casa del cafetal. Una mujer morena sale y contesta:

—Ahí no vive nadie, el viejo tiene las llaves, pero no las da.

—Nosotros estamos investigando la arquitectura de las casonas francesas y queremos tomar unas fotos y hacer unas notas – dice la profesora.

—Pues no pue' se, dice el anciano alterado y vuelve a sentarse en el taburete.

Jean desde el auto escucha y observa el gesto nervioso y de contradicción que se refleja en el rostro de la profesora, se baja y enfrenta al anciano.

—Mire señor no vamos a hacer ningún daño, somos estudiantes y queremos investigar esta construcción.

El negro lo mira con los ojos abiertos, como si presenciara a un aparecido. Luego mira a la morena y se pone la mano en la cabeza, se pone de pie y reverentemente y dice:

—"Mesié".

Sacándose unas llaves del bolsillo se las da y comienza a decir cosas en lo que parece ser francés patua. La mujer llama a los niños y entran al bohío. Los jóvenes comienzan a llamar a Jean "Mesié" y riéndose le hacen reverencias.

Suben por el camino lleno de musgos y helechos que lleva a Los Naranjos. Es la hora de la caída del sol y empieza a oscurecer rápidamente, así que se apresuran porque temen no llegar antes del anochecer a las ruinas. El camino es incómodo y húmedo por lo que continuamente se resbalan, Jean nota que la profesora está cansada, ve que los otros jóvenes ayudan a las muchachas y él aproximándose toma la cintura de la mujer atrayéndola hacia él, ella se deja llevar recostando su cuerpo al del muchacho que casi la cargue cuesta arriba.

Es la primera vez que los cuerpos están pegados el uno al otro, en ese momento el joven quisiera que aquel sendero desagradable y escabroso fuera eterno, no piensa en sus pies mojados y cansados, ni en la oscuridad, solo siente su brazo rodeando la cintura de la mujer. Sabe que ella hace un esfuerzo para no reclinarse continuamente sobre su costado, pero él la mantiene apretada contra sí casi sin dejarla tocar el piso. Ella siente el latir del corazón de Jean y también el suyo se agita.

Pasan la entrada donde dos puertas de hierro en ruinas recuerdan el esplendor del lugar donde vivían los antiguos dueños. Ya está completamente oscuro, encienden linternas para descubrir una abertura por la que entran al húmedo y mal oliente lugar; no han comido nada, pero están cansados y solo desean recostarse. El resto de sus cosas han quedado abajo, al otro día las subirán los guajiros que les van a ayudar, solo tienen las mochilas personales y los focos con baterías, que necesitan ahorrar, por lo que deciden dormir.

Capítulo 5

Los Naranjos

5 de octubre de 1987

El canto de un gallo despierta a Jean que mira su reloj, son las 4 de la mañana. Todo está oscuro, pero él sabe que ella duerme en frente. Se esfuerza, pero no logra ver más allá de sus pies sobre la mochila. Ella enciende una linterna y busca algo en el piso. Él se acerca y al sentirle ella se voltea:

—Soy yo, ¿Qué sucede?

—No veo y no encuentro la cajita de los lentes.

—Aquí está, dice mientras recoge el estuche y se lo extiende.

Al notar que la mujer no lo ve, le toma la mano. Ella le agradece, se coloca los lentes y lo observa arrodillado y mirándola fijamente. Los rostros están muy cercanos y pueden intercambiar la respiración, ella retrocede y apaga la luz. Jean vuelve a su rincón y piensa que el gallo no ha vuelto a cantar.

Unas horas más tarde al terminar el desayuno la profesora se sienta en lo alto de la escalinata del portal desde donde ve las ruinas de la entrada del patio de la hacienda, la terraza, lo que era el jardín y los llamados "quartier", donde dormían los esclavos. En el centro lo que parece era una fuente y el estanque donde hay patos, a sus espaldas las puertas de la vivienda de los dueños del cafetal construida sobre el almacén donde guardaban el café.

La casona, como la llamaban los esclavos, es una construcción de piedras con columnas de cedro en cada esquina del rectángulo y en el medio de las partes longitudinales. Tiene dos pisos, el primero de unos cinco metros de alto, con dos grandes puertas por donde entraban las carretas con el producto para almacenar. El segundo piso, al que se llegaba por una ancha escalinata de piedras calizas y que da al amplio corredor, es la mansión. Un balcón corre por los cuatro lados con una baranda de hierro que en ocasiones falta. Las puertas de cedro viejo, destruidas por los años y dos grandes ventanales, formados con lo que debieron ser persianas francesas en las hojas, aparecen en la fachada principal, luego otras tres puertas pequeñas en el lado opuesto de la entrada con una escalinata de madera, de la que solo quedan pocos pasos.

La profesora parada en lo alto de la escalera les explica:

—Si se fijan notaran la diferencia con las construcciones españolas, aquí se ha cuidado mucho el rectángulo. Las hojas de los ventanales debieron ser estilo persianas, todavía hay algunas alrededor, que nos darán idea de las dimensiones. Las tejamil, como se les llamaba a las tejas del techo de cedro, debemos recolectarlas y llevarlas para hacer replicas, en caso de que algún día se desee reconstruir aquí.

—Realmente construían las casas de los hacendados en un lugar estratégico, desde donde se pudiera observar toda la plantación— comenta Clara.

—Ciertamente desde donde nos encontramos en el portal, podemos ver la guardarraya que lleva a las demás partes y allí donde está la torre de piedra debe ser donde estaba la campana para llamar a las actividades, eso de los lados deben haber sido los barracones de los esclavos – aclara Andrés.

—Todo lo que hemos leído nos está ayudando, tenía razón profesora, no podíamos venir hasta estudiar todo lo que nos indicó – recalca Odalis.

—Así es — dice la profesora — trabajaremos en tres grupos de investigación: "Odalis y Ernesto irán a los secaderos, Clara y Andrés revisarán el jardín y las barracas, Jean y yo nos quedaremos en la casona. Recuerden que, como la mayoría de los asentamientos cafetaleros, Los Naranjos se encuentra ubicado en un valle entre montañas, con pendientes de terreno hasta de un veinticinco por ciento. El rio corre por el costado entre la hacienda y los cafetales. Recuerden que el agua era un componente importante en el desarrollo de la producción y la vida del batey. Lo otro fundamental era el ciclo productivo, que con las zonas habitables que conformaban un área integra, donde se relacionaban la secuencia productiva, el acueducto, las albercas, la casa del café, los tanques de fermentación y los secaderos. Tengan presente que la casona de dos niveles mantuvo sus muros de piedra y los secaderos de café en forma de terrazas, el molino circular movido por caballos denominado tahona y el almacén, donde estaban además las vajillas los instrumentos de castigo como cepos y grilletes."

Capítulo 6

El trabajo en equipo

6 de octubre de 1987

Equipo 1

Odalis y Ernesto se dirigen a los secaderos que es la zona más alejada de la casona. Todo parece indicar que el lugar todavía es utilizado por los campesinos de la zona y otra vez ven al negro fumando en el bohío y vigilando sus pasos. Esta pareja se divierte y aprovecha el viaje para organizar su boda. Se conocen desde la secundaria y por algunos años han sido novios hasta que han decidido casarse para terminar el último año de la carrera. Ella siempre ha querido ser líder en todo y él solo piensa en complacerla, por eso en medio de la investigación se deja llevar, aunque en ocasiones no coincide con las ideas que la muchacha plantea.

Le preguntan al negro como llegar a los secaderos y los tanques de fermentación, éste les indica un antiguo sendero que corre detrás de las barracas de los esclavos, caminando por la falda de la montaña y siguiendo el curso del rio. Al llegar al lugar pueden ver los rectángulos construidos en el piso inclinado con muros de 3.5 centímetros de alto aproximadamente donde se vertía el café recogido para secar. El patio esta enyerbado, han crecido arbustos de frutas y flores y han desaparecidos los senderos por donde pasaban las carretas. Los jóvenes tratan de hacerse camino entre la maleza para poder medir y tomar fotos.

—Yo no sé por qué la profesora no dejó que Jean estuviera en otro equipo contigo o con Clara, no veo la necesidad de que ella trabaje con el más avanzado cuando puede ayudar a los otros del equipo. ¿Tú no crees Ernesto?

—Estaba pensando en eso, él tiene mucho conocimiento y está trabajando para su tesis y necesita mucha información, a lo mejor por eso ella quiere trabajar más cerca de él.

—No sé, yo veo un movimiento raro con esos.

—No seas mal pensada, ella es muy buena profesora y seguro lo quiere ayudar.

—Pero él la busca mucho y está pendiente de todo, hasta de cuando ella esta desabrigada, como el otro día que le dio su chaqueta.

—Oye, ustedes las mujeres no dejan que uno sea caballeroso, siempre piensan lo que no es.

—Ya no empieces con lo mismo de que yo siempre te estoy mandando.

—No es eso, solo que ...

—Ya, vamos a trabajar que no tenemos todo el día para eso y ya sabes aquí llueve constantemente.

Equipo 2

En el jardín Andrés y Clara tratan de limpiar lo que queda de la fuente de piedra caliza. Era una rosa de cuyo centro brotaba el agua que al reciclare caía sobre el circulo que forma el estanque. La fuente es el punto central de donde salen los ejes que definen la forma octagonal del jardín, delimitado por las edificaciones de la hacienda y la composición planimétrica del batey; donde en ocasiones se ha aplanado la superficie. Al mirar la casona desde el jardín se puede apreciar la armonía entre la arquitectura y el paisaje del lugar, sobre todo la adaptación a la topografía, que perfectamente pueden observar y del que tratan de tomar las fotos.

Desde el jardín pueden ver casi todas las edificaciones, principalmente la casona que está un nivel más arriba que las otras, las barracas, la casa del mayoral y la cocina, ubicada estratégicamente de forma tal que los vientos no contaminaran el café con el olor de los alimentos, en este caso está en la pendiente de la colina cerca de la mansión y lejos de los secaderos.

A un lado está el molino para quitar la paja del café, solo se pueden ver líneas curvas que muestran su forma circular, el lodo ha cubierto la parte central. Los jóvenes limpian los helechos y arbustos que crecen a su alrededor. Todo está húmedo. Unas gotas de lluvia comienzan a caer y el agua se acumula y forma un lodo gelatinoso por el que es difícil moverse.

Corren hacia la mansión donde se encuentran a sus compañeros que también buscan protegerse de la lluvia que cae a torrentes. La tarde se ha ennegrecido y el sonido de los rayos asusta. Los relámpagos son la única luz que entra por las rendijas de la puerta. Todos están mojados. Las mujeres se apartan hacia un rincón con la intención de cambiarse la ropa, los jóvenes van al lugar opuesto. En tiempos alternos el lugar se ilumina y oscurece, los ojos de los jóvenes se pierden tratando de adivinar la figura de las jóvenes. Jean queda anonadado al ver el cuerpo semidesnudo de la profesora. Ella sabe que el joven la mira.

Al parar la lluvia aún es temprano, es la segunda noche y han recorrido parte del asentamiento, han visto la casona a la luz del sol, los *quartiers*, el jardín, el secadero, la fuente y las montañas verdes alrededor de la explanada. La tarde va cayendo y el sol se pierde detrás de la sierra. La profesora se sienta en la escalinata y guitarra en mano comienza a tocar una melodía triste. Los jóvenes salen con una botella de ron y unos vasos.

—Profesora – dice Odalis – ¿Y esa tristeza? No, no, no, hay que alegrarse, mire tómese un trago y caliéntese.

—Si profesora vamos a cantar, yo sé que le gustan las canciones españolas – dice Ernesto mientras se sienta al lado de la mujer con la guitarra.

—Si venga vamos con alguna de Mocedades, esa que cantaron en el anfiteatro el día de la gala estudiantil dice Clara y comienza a cantar: "Una gaviota sin plumar...", los demás cantan también.

Jean que permanecía dentro de la casona, sale y se sienta en el muro que hace ángulo con los escalones desde donde puede ver a la profesora mientras toca la guitarra, ella baja la cabeza y pretende mirar a los acordes que coloca con la mano izquierda. Continúan cantando y tomando del ron de la botella hasta que se oscurece el lugar, solo hay una lámpara encendida dentro de la casona y ellos están bajo la luz de las estrellas y una tenue luna tapada en parte por unas pocas nubes que se mueven lentamente.

El resto de los jóvenes ha entrado y quedan Jean y la profesora que toca otra vez su música triste.

—¿Por qué toca algo tan triste?

—Es una romanza española, aunque parece triste no lo es, se llama "Historia de amor" y en su melodía se puede apreciar la ternura del cariño que se describe, si la escuchas detenidamente te darás cuenta de ello.

El joven se recuesta del barandal y cierra los ojos, ella sigue tocando, ahora sus dedos recorren las cuerdas y ella lo contempla, lo puede ver sin miedo a que él devuelva la mirada, le parece mayor porque las grandes entradas en la frente le hacen ver más viejo. Observa sus ojos cerrados y la quietud con que escucha las notas, se siente confundida y extraña porque en su mente siempre está presente la diferencia de edad y que ella es, ante todo una profesional que no permitiría que un joven alumno se equivocara y comprometiera su trabajo en la universidad. Aun así, le sigue mirando.

Capítulo 7

Odalis y Ernesto

No hay quien conozca a Odalis que no la relacione con Ernesto desde siempre, hicieron juntos la primaria, la secundaria y el preuniversitario. Al decidir qué estudiar, ella quería ser arquitecta, él quería irse al extranjero porque le fascina la computación y sueña con estudiar en Japón. Después de muchos enfrentamientos, él cedió y juntos matricularon en la universidad que ella escogió.

Siempre están juntos, las mismas clases, los mismos proyectos, pareciera que son una sola persona. Muchas veces él no habla, ella dice lo que él piensa y lo que no piensa, pero él asiente. Ella lo organiza todo, si van a ir a la casa de sus padres el fin de semana, si ven una película o si comen espaguetis todos los domingos. Las camisas, los pantalones, el peinado, si el zapato negro no, o el cinto de color azul, que combina con la camisa. "No comas mantequilla que engordas, mira la barriga que te está saliendo", es una de sus frases comunes.

—Pero a mí me gusta y un poquito para el pan y el café con leche.

—Bueno echa un poquito en la tasa y así cuando mojes el pan con café te va a saber igual.

—Estás loca, no sabe igual.

—Pruébalo y verás, mira esto es lo que debes hacer – inserta una cucharadita de mantequilla en la taza de leche del joven.

—Pero... deja eso, es mi café con leche ... ya lo arruinaste.

—Te lo comes porque no vas a desperdiciar la leche, mira que es bien cara.

Así pasan el tiempo, con ideas diferentes y opiniones opuestas. Tienen una habitación para los dos en el dormitorio de los estudiantes y los demás los ven como un matrimonio. Están en el último año como Jean y se conocen hace mucho tiempo, se puede decir que son buenos amigos. Todos están interesados en el proyecto del cafetal.

En el último mes Odalis ha estado insistiendo mucho en el viaje a Los Naranjos, porque sabe que es un viaje difícil, en una zona montañosa que requiere buena preparación física y ahora que está embarazada quiere estar segura de que eso no le impida participar en el proyecto.

Ernesto está muy preocupado porque no había planificado tener familia tan rápido y lo tomó por sorpresa la maternidad de la novia, pero Odalis es el amor de su vida y tener un hijo con ella es algo que, en medio de todos los problemas, lo llena de alegría e ilusión. Él sabe que para ella el proyecto de los cafetales es muy importante, para él, es algo más que hacer en la carrera, está decidido a terminar la arquitectura y comenzar con la ingeniería en informática. Se preocupa porque va a tener que trabajar y estudiar al mismo tiempo y con el bebé a lo mejor las cosas se le van a complicar.

La familia de Odalis lo ha planificado todo, en un mes será la boda y después de graduados vivirán en la casa de los padres de ella. Él solo cuenta son su madre, una mujer que ha trabajado incansablemente para que, su único hijo, fuera a la universidad. Trabaja en una factoría largas horas y vive en una humilde casa que mantiene extremadamente organizada y limpia. La madre y la futura esposa de Ernesto son muy parecidas en el carácter, por eso en ocasiones los temas más banales pueden convertirse en la discusión de la noche cuando las consuegras hablan.

—El traje de Ernesto va a ser blanco, con un lazo morado, lo vi en una revista de moda y me encanto.

—¿Tú crees que con esa barriga él se debe poner un traje blanco? Además, el blanco es para la novia.

—¿Quién dice eso? Los hombres también se visten de blanco, es su primera y única boda también, porque, no lo quiera Dios, pero si se divorcian, que ya no se vuelva a casar más.

—No seas ave de mal agüero, calla esa boca.

—Es un decir...

—Mejor que se busque otro traje, ya Odalis va de blanco.

—Que no, que el de la revista está muy bien para él.

—Entonces que se ponga a hacer ejercicios y haga dieta para disminuir la barriga.

—Que va, contigo no se puede, ni se lo menciones, no vaya a ser que deje de comer y se me ponga anémico.

Toda la noche las mujeres discutiendo y los jóvenes tratando de ver una película. Ernesto imagina lo que será la vida de casados viviendo con los suegros y las discusiones cuando su madre venga a visitarlos. Pero, al final el considera todo eso parte de la felicidad que desea tener en su vida de casado, afortunadamente su suegro casi no habla y cuando salen al patio pueden tomarse sus cervezas en paz.

Capítulo 8

Clara

Es la más joven del grupo y también la más tímida, siempre está callada y ensimismada en sus pensamientos. Tiene mucha facilidad para construir maquetas y todos la buscan cuando de hacerlas se trata. En los primeros años de la carrera hizo pocos amigos, entre ellos Odalis y Ernesto, que, siendo solo un año mayor que ella la tratan como una hermanita pequeña, de esas que nacen cuando ya somos adolescentes y creemos que son hijas nuestras. La joven vive con sus padres y es hija única, ellos lucharon mucho para tener hijos desde su juventud, pero solo lograron un embarazo, por eso la han mimado y rodeado de todo lo que una joven pudiera desear, pero el padre ha enfermado de cáncer en la próstata y la señora se ha volcado en cuerpo y alma al cuidado del esposo.

Clara y Odalis son mejores amigas, de las que se prestan la ropa y pasan tiempo juntas en el cuarto chismeando y riéndose. Ernesto muchas veces debe comprar las cosas igual para las dos porque si no se prestan lo que sea y al final no se sabe de quien es. Cuando van a las fiestas siempre buscan algún amigo, a ver si así le encuentran pareja o la "empatan", como dicen ellos, pero hasta el momento ni con cola de pegar, nada de nada. Es muy infantil, pareciera que se quedó estancada en la adolescencia, aún pinta muñequitas en los cuadernos.

Decidió estudiar arquitectura porque su padre siempre lo quiso hacer, pero nunca tuvo la posibilidad porque es una carrera muy cara y él nunca tuvo los medios, así que reunió el dinero desde que Clara nació para que pudiera ir a la universidad. Ella se siente comprometida y abrumada porque, aunque tiene mucha facilidad para el diseño y los profesores consideran tiene un buen futuro como profesional, ella hubiera querido estudiar escultura, siempre está dibujando las piezas que desea crear, y en su cuarto tiene miles de minifiguras que ha hecho de barro. Se ilusiona con terminar y mostrarle su título al padre y después poder dedicarse a lo que más desea: esculpir.

Unos días antes del viaje, los médicos le informaron a la familia que el señor está muy mal y que temen que no tenga mucho tiempo más de vida. Ella adora a sus padres y sabe que su madre moriría de dolor con la ausencia de su compañero por tanto tiempo, el hombre que ha dado todo por ellas. Antes de salir le prometió a su padre que terminaría la carrera y le traería el titulo para que lo colgara en un lugar donde lo pudiera ver continuamente y sentirse orgulloso.

Clara carga una foto de la familia donde están ella, su madre y su padre, tiene miedo de que él muera antes de verla graduarse, por eso se empeña en hacer lo mejor que puede para terminar en tiempo; ha dejado su deseo de esculpir para entender la arquitectura y el viaje al cafetal la puede ayudar mucho en su afán por hacer una buena tesis que le permita terminar sin problemas la carrera. Pero como siempre lleva con ella su cuaderno de bocetos donde dibuja las ideas para sus escultural minúsculas, esas con las que ha llenado su cuarto y toda la casa.

Las esculturas minúsculas las hace desde niña cuando jugaba con plastilina en el circulo infantil. La maestra notó que siempre, a diferencia de los demás, cuando hacia los muñecos los hacia bien pequeños y con mucho detalle, podía hacer toda una familia de animalitos con poco material; así que le puso mucho interés en dejar a la niña que desarrollara lo que parecía ser su vocación. Desde entonces ha hecho millones de figuritas, de todo, carritos, casitas, arbolitos, personas, en fin, cuando alguien necesita ayuda para una maqueta allí esta ella para poner en práctica lo que más le gusta.

CAPÍTULO 9

ANDRÉS

El joven Andrés no sabe quién es realmente, su madre es maestra y su padre es abogado, ellos nunca estaban en casa y él se quedaba al cuidado de la nana, una señora gorda y risueña que le preparaba dulce de leche para que tomara calcio porque no le gustaba la leche sola. Ella le enseñó a cocinar y a hacer postres, pasaban muchas horas juntos y sus juegos de niño mayormente los hacía en la cocina de la casa donde ella entre quehaceres le servía de compañía.

Estudia arquitectura porque su padre siempre decía que: "Del *cocinao* no vive nadie y a saber si vas a salir bueno" y como también le gusta mucho el dibujo pensó que al menos hacer algo que complaciera a su padre y no le fuera tan pesado. Su madre lo ha apoyado siempre en todo, él y su hermana han sido siempre el orgullo de la señora, pues los dos terminaron el bachillerato y la muchacha estudió medicina y él también será un profesional al que le va a ir muy bien, pues sus diseños siempre son novedosos.

La única preocupación de sus padres es que Andrés no muestra intenciones de hacer familia y al ser el hijo varón es el que puede pasar el apellido a las nuevas generaciones. Como dice su padre: ¿Cuándo me vas a presentar a la futura madre de mis nietos?

—Papá, siempre con lo mismo ya te dije que en algún momento te traeré a alguien por ahora solo estoy enfocado en mis estudios y el negocio que quiero emprender.

—Pero ¿No te basta con la arquitectura? Esa idea tuya de cocinar enfrente de la gente no sé si dará resultado, tú sabes que las cocinas siempre están fuera del alcance de los comensales.

—Precisamente esa es la idea que vean que lo que se cocina es fresco y puedan ver al chef en acción.

—Yo no sé...

—Mijo y la muchacha con la que estabas saliendo, ¿Nunca la vas a traer?

—Mama, es una compañera de trabajo no es mi novia, solo salimos para distraernos.

—Pero quien sabe a veces así nace el amor.

—Mijo, ¿Esa es la feita que me comentaste?

—Si papá, pero ya te digo no es mi novia.

—Bueno las feítas salen fieles.

—¿Quién dice? La que va a ser fiel lo es, aunque sea bonita y la que no, no lo es.

—Eso es verdad, mira tu mamá siempre me ha sido fiel.

—Si, pero yo no puedo decir lo mismo de ti.

—Vieja tú sabes que tú has sido mi único amor.

—Tu único amor es posible, pero la única en tu cama no sé.

—Ven, por eso es por lo que yo no me he casado, ni comprometido, no hay como ser soltero y libre.

—Andresito, pero ya es hora de que sientes cabeza y tengas tu familia, mira tu hermana lo bien que le ha ido y ahora ya está embarazada por segunda vez.

—Si mamá, pero eso es diferente, ella siempre ha querido tener familia e hijos, pero tú sabes que yo tengo mis dudas y ahora con esto del restaurante el tiempo no me alcanza para más que trabajar.

—Mira mijo, en la vida hay tiempo para todo, yo quisiera conocer a tus hijos y pasar tiempo con ellos.

—Yo se mamá te prometo que lo pienso y me pongo para eso, digo a encontrar novia primero. ¿No crees?

Muchas conversaciones como esta se darían en los próximos años para Andrés y sus padres, sin saber que el destino le deparaba muchas sorpresas al joven.

Capítulo 10

La historia

Los Naranjos, 18 de octubre de 1857.

El joven francés camina de un lado a otro del portal, lleva botas de montar y espuelas que suenan sobre las piedras. En la mano izquierda sostiene una fusta con la que se da acompasadamente sobre el muslo. Continuamente mira al portón.

—No se impaciente su *mercè*, el viaje es largo y las mujeres cargan muchas cosas.

—Ahí viene un esclavo corriendo – dice el cura – seguro trae noticias.

—Oui, viene hacia la *maison*.

Otro negro grita: "ya vienen los mulos", "vienen por el manantial."

El joven se apresura hacia el manantial, Los esclavos lo ven correr y ríen.

El cura y el viejo sirviente contemplan el jardín. Es de tarde y el sol se oculta tras las montañas, sus últimos rayos enrojecen el cielo. El olor a jazmín invade el ambiente y el canto de los grillos es tenue aún. Desde el jardín se ve la casona iluminada por las grandes lámparas y velas. Sus paredes de mampostería, húmedas generalmente por la continua lluvia del lugar, permite que los helechos crezcan y le den un aspecto señorial. Todo está apacible y pintoresco a esta hora. El batey está de fiesta, la luna alumbra todo el lugar y la joven pareja se acerca a la casa abrazados. Se besan repetidamente y el joven la lleva al plantío de azucenas. En el quartier resuena el toque de los esclavos que cantan mientras toman aguardiente regalo del amo para celebrar la llegada de su madre y de su esposa.

Madame Joubert, madre del hacendado, contempla el cuadro de su esposo reclinando la cabeza sobre el marco. El joven rubio rechaza la taza de café que le brinda su esposa y se va a abrazar a la anciana.

—Hijo vayámonos a Francia o a España si quieres. —¿Qué necesidad tenemos de estos cafetales?

—Yo nací en estos cafetales, en Europa hoy eres un noble y mañana un decapitado.

—Por favor— los interrumpe Carmen— Miren la luna, está hermosa.

—Si, madre ven a ver el jardín.

—No, vayan ustedes, prefiero quedarme aquí.

Se acerca el padre Nataniel y pregunta a la joven:

—¿Feliz hija mía?

—Si, al fin junto a mi esposo. Temía tanto que buscara consuelo en una criolla.

—No pienses eso. El solo te ama a ti.

—Pero yo soy diez años mayor y española. Además, hay cosas que quizás yo no le voy a poder dar.

—No te afanes, Dios manda los hijos.

—Dios lo oiga padre, porque lo hemos intentado mucho y nada nos da resultado.

—Mira aquí las mujeres de los esclavos conocen de muchas hierbas y remedios para la fertilidad, quizás cuando las conozcas mejor alguna de ellas te ayude.

—Esas cosas me dan miedo. ¿Qué tan eficaz pueden ser esos menjurjes hechos por los esclavos?

—Ellos conocen la medicina natural, acuérdate que en África ellos llevan miles de años curándose con las plantas.

Capítulo 11

El milagro

19 de enero de 1858. Los Naranjos

Han pasado varios meses y Jean es feliz en compañía de su esposa que cada día se alegra más de vivir en el cafetal, para ella Los Naranjos es un paraíso en el que su esposo se desvive por complacerla, ha mandado traer muchas cosas lujosas de la capital y le ha comprado un piano Steinway & Son, de los más caros para que ella llene las tardes con su música. Ella no ha logrado su añorado embarazo y eso la entristece, lo ha pensado mucho y ha decidido llamar a la negra Joaquina para que le indique como hacer contacto con la curandera del pueblo, la tal Justa, dicen que hace milagro con las hierbas.

—Pero señora. ¿Cómo va a ir a ver a esa hechicera?

—Ya lo he tratado todo Joaquina, es lo único que me falta por tratar, lo que más deseo es darle un hijo a mi querido Jean.

—¿Y quiere que la acompañe sin que nadie sepa? —Eso me parece muy peligroso.

—Diremos que vamos al pueblo a comprar algunas telas.

—No lo van a creer, mire todo lo que el señor le ha mandado traer, usted puede poner su propia tienda.

—Ya buscaremos una excusa, pero de hoy no pasa que vayamos a ver a esa tal Justa.

Decidida y acompañada por Joaquina salen de la hacienda en una caleza a escondidas. Se dirigen al pueblo, el negro que las lleva ha conseguido la dirección de la casa de la mujer que se dedica a hacer los llamados milagros. La española está nerviosa, pero decidida a encontrar una solución. La esclava reza el rosario, le tiene mucho miedo a la brujería, ella sabe que los negros conocen muchas cosas extrañas, pero a ella la criaron los amos franceses y le enseñaron a rezar y a confiar en el divino.

Al fin llegan a la casucha a las afueras del pueblo, es de tarde y está nublado, parece que va a caer mucha lluvia, entran y se sientan en unos taburetes mientras un mestizo les brinda algo de tomar que ellas no aceptan.

—La curandera las atiende ahora, es que está preparando una medicina que dice que es para ustedes.

—Pero si no hemos hablado con ella ¿Cómo puede saber lo que le va a dar a la señora?

—Ella sabe lo que la gente necesita antes de que vengan.

—Señora, a mí esto me da miedo, parece brujería.

—Tranquila Joaquina, ya estamos aquí y todo va a salir bien.

Pasada una hora sale Justa con un frasquito en las manos:

—Mire doña, esta es la medicina que usted necesita, debe tomarla solo el día que va a tener relaciones con su esposo, es muy peligroso que la tome si no va a dormir con él.

—Pero, ¿cómo va a saber ella que él la va a buscar?

—Bueno ella debe saber las costumbres que él tiene y las señales que le da cuando desea estar con ella. Eso sí, recuerde, no la tome si no va a estar con él.

—Despreocúpese yo cumplo con el requerimiento.

—¿Y si lo toma y él no se acerca?

—Es peligroso, puede crearle a ella males peores.

De regreso a la casona, Joaquina sigue sus rezos, Carmen desea poner en práctica la medicina y solo busca llegar para preparar la alcoba y que Jean la desee esa noche. Está lloviendo, el carruaje va despacio porque ya hay mucho lodo y el sendero hasta Los Naranjos es peligroso. La española piensa que al llegar quizás

Jean ya está en la cama esperando por ella, sin pensarlo abre el frasquito y toma un poco de la bebida.

—Pero señora ¿Qué ha hecho? Aun no llegamos a la casa, ¿Y si el señor no la busca hoy?

—Yo me las arreglo para sonsacarlo —dice con una sonrisa pícara en los labios.

Inesperadamente el carruaje se detiene bruscamente, se balancea y se inclina.

—Negro ¿Qué fue eso? – pregunta Joaquina.

—Se nos partió el eje y se zafó una rueda, no se muevan porque con la inclinación se puede voltear, quédense tranquilas yo voy a caminar hasta la hacienda a buscar ayuda.

—Dios mío, ahora ¿Qué vamos a hacer con su *mercé*?

—Tranquila Joaquina, seguro vienen a ayudarnos.

La lluvia sigue cayendo y las mujeres quietas tratan de no moverse en el interior de la caleza, han pasado más de dos horas y no llega nadie, es casi media noche, la mujer se siente mareada y recuesta la cabeza en el hombro de la negra, se ha quedado dormida. Finalmente aparece el calecero con otros esclavos y el amo.

—¿Cómo se te ocurrió salir con la tormenta que se avecinaba? Estaba muy preocupado, nadie sabía decir donde andabas y esta negra que no piensa. ¿A dónde fueron?

—No le reclame amo, la culpa la tengo yo que la distraje en el regreso pasando por donde mi prima, la que vende ropa africana.

—Negra, tú sabes que no pueden salir sin que yo lo sepa. Mira cómo está la señora, está ardiendo en fiebre.

—Lo siento su *mercé*, es mi culpa, vamos pa' que yo le prepare algo caliente y le cambie esa ropa mojada.

Rápidamente ponen a Carmen en una camilla y la llevan dos esclavos a la casona, la mujer está prácticamente inconsciente. Joaquina va a la cocina y prepara un té de ajo y jengibre que sube con otra negra llevando agua caliente para ponerle paños tibios a la señora. Toda la noche la pasan buscando la forma de bajar la fiebre, por fin al amanecer ésta duerme y la fiebre ha bajado. Los síntomas han desaparecido cuando el remedio que tomó ha expirado en su cuerpo, la negra solo reza al lado de la cama de su amada señora y mira el frasquito, lo toma con intención de botarlo, pero ella la detiene.

—No Joaquina, déjalo ahí, te aseguro que la próxima vez tendré más cuidado.

Capítulo 12

La vida y la muerte

25 de octubre de 1859. Los Naranjos

Madame Joubert arrodillada ante la imagen del Cristo crucificado ruega entre sollozos por Carmen. Ya enviaron a un negro por el médico, pero ha llovido mucho y los mulos no pueden pasar, hace dos días que el esclavo salió y la joven mulata que la asiste solo ha hecho dos partos. Jean golpea la pared del pasillo y llora, tiene la camisa abierta y suda, las gotas corren por su cuerpo y él solo piensa en los quejidos de su esposa. El sacerdote arrodillado sobre pequeñas piedras en una esquina lleva todo el día rezando. En el quartier, los negros hacen ritos invocando a dioses africanos. Todos esperan el nacimiento. En el jardín las sombras que pasan confundidas entre el viento y la lluvia apuestan entre la vida y la muerte.

Las esclavas corren con agua caliente y paños, pasan las horas y la luz del amanecer comienza a subir por las colinas del este. La criatura acaba de nacer. Joaquina lo levanta y grita: "Es un varoncito mi amo, un varoncito". Jean entra a la habitación y sin mirar al niño corre a donde está Carmen dormida, su respiración es muy lenta, está agotada. El hombre se arrodilla frente al lecho de la esposa y le toma las manos, mira al crucifijo y exclama: "Mi vida por la de ella" ... "Llévate al niño, pero a ella no". El medico entra a la habitación y mueve la cabeza en señal de dolor. Está amaneciendo y una fría neblina entra por la ventana. Carmen ha muerto.

Capítulo 13

¡Fuego!

Los Naranjos, 19 de abril de 1860

Jean bebe de la botella de ron que ha sido su única compañía desde la muerte de Carmen. No sabe nada del niño. Madame Joubert sufre y ocupa su tiempo tejiendo y deseando volver a Francia. Han pasado seis meses y el joven pinta y rompe todos los días un cuadro de su esposa, está obsesionado plasmar en un cuadro la sonrisa de Carmen. La negra Joaquina le da el pecho al niño y canta:

Do, do piti, mue
Do, do piti, mue
Do, do, domi
Do, do, domi
Do, do, piti, mue
O, o, mi
O, wi, do, mi

El desesperado Jean sale y se pierde en los tupidos matorrales que rodean el cafetal. Unas horas más tarde el sacerdote mira al cafetal esperando su regreso y se angustia, sabe que a veces se va días enteros.

El olor a café secándose es fuerte en el aire y una esclava limpia el piso de madera. Los perros están sueltos y los mayorales le disparan a cualquier cosa que se mueve.

—No se preocupe padre, el joven conoce los trillos de memoria, ya enviamos a un negro a buscarlo, no se impaciente. Mire que la madame llora mucho si no sabe de él.

Pasan todo el día esperando el regreso del hombre que no da señales de dónde pueda estar, de repente aparece un negro gritando: "Fuego, hay fuego en el cafetal". Todos corren, pero es inútil, no hay forma de entrar las llamas van devorando todo. Madame Joubert llora desconsoladamente, gritando por su hijo que cabalga su corcel en medio de las llamas con una antorcha en la mano. El caos reina y el sacerdote se inca y clama a Dios. En el quartier las esclavas gritan y echan agua a las paredes pues el calor del incendio llega pareciendo que los va a atrapar también. El hacendado ha desaparecido envuelto en llamas y los relinchos desesperados del caballo llegan como un último intento por sobrevivir.

En la mañana el olor a quemado aún invade la atmósfera y la lluvia cae formando un fango espeso y negro, los esclavos buscan restos del joven y su caballo, pero solo parte de la montura ha sido recuperada, es imposible descubrir nada más entre la podredumbre y la pestilencia. No ha quedado nada en la colina en que florecía la cosecha de café, solo la montaña lúgubre que nunca volverá a recuperar su esplendor.

Unos días después el padre Nataniel recita una misa enfrente de una tumba vacía. El cuerpo de Jean no ha sido encontrado. Cae la lluvia y todos se apresuran a llegar a la casona para refugiarse en el calor del agua ardiente.

—Padre, he decidido vender Los Naranjos, dice madame Joubert.

—Piénsalo puedes dejar un administrador, Los Naranjos son el patrimonio del recién nacido Jean II.

—No, él se va a Francia conmigo y nunca volverá a esta tierra.

—Es la tierra de su padre y ahora de él.

—Esta tierra solo ha traído desgracia a mi familia, primero mi amado esposo, luego Carmen y ahora mi hijo. No, yo me llevo a mi nieto, que no sepa de la existencia de este lugar.

Capítulo 14

París

Verano de 1889

El Sol del mediodía corta las gotas de lluvia sobre la acera, todos caminan a la magnífica exposición. El joven ayudante de Monsieur Eiffel trata de llegar a la torre y se apresura a cruzar el puente sobre el Sena, ha trabajado incansablemente en la construcción de la torre que se diseñó para el concurso de la Exposición Universal de 1889 celebrada en París con motivo del centenario de la Revolución Francesa. Se presentaron más de 700 proyectos, pero ninguno capaz de desarrollarse con una altura similar, el logro lo alcanzó Maurice Koechlin, otro asistente del arquitecto Eiffel, que se inspiró en el estudio del hueso fémur para el diseño de la torre; él descubrió que la estructura interna, estrecha en la parte media y expandida en los extremos, ahorraba materiales y brindaba una mayor firmeza y flexibilidad a la estructura.

El joven Jean está orgulloso de su participación en el trabajo, aunque fuera poca, pues para el proyecto se necesitaron más de 50 diseñadores e ingenieros que elaboraron más de 5300 diseños de piezas, él trabajó con el arquitecto Stephen Sauvestre quien diseño el aspecto definitivo de la torre. Al principio muchos artistas, intelectuales y arquitectos criticaron el trabajo de Gustave Eiffel señalando que la torre era "un monstruo de hierro" que afeaba la estética de la ciudad, pero para Jean es lo mejor que se ha construido en París y sabe que con el tiempo todos la verán como un gran símbolo. Él ha trabajado durante los dos años, dos meses y cinco días que duró la construcción para lograr el momento mágico en que la torre se iluminó de color verde la noche del 31 de marzo de 1889 con electricidad generada a partir de aceite vegetal.

Los amigos del joven Jean venidos de España han llegado con el enviado de América que trae noticias de la revolución en la Isla. Éste enviado es un poeta muy elocuente, soñador, de libre pensar como los que frecuentan la Rue de Rivoli. Todo lo referente a la isla es notica de interés para el joven ingeniero, la sirvienta que ha cuidado de él desde que su madre murió le ha contado muchas cosas del Caribe, de sus olores, sus campos, del tambor, del sol, la playa y el cafetal. Sus primos españoles no hacen más que hablar de las mulatas y del ron, del tabaco y de este poeta que les improvisa versos sencillos de amor. Hoy lo conocerá y sabrá cuando es el viaje.

Desde la torre Javier ve a su primo acercarse mojado por la llovizna y casi corriendo entre los paraguas y cuenta:

—Jean se unió al movimiento independentista cuando era estudiante y su abuela le suspendió toda ayuda monetaria prohibiendo que lo nombraran, pero el siguió estudiando con la ayuda de Monsieur Eiffel ... Miren es ese, el que camina bailando y se da en el muslo con el bastón.

Jean por fin se acerca y saluda al hombre de levita negra para continuar juntos el ascenso de la torre. Desde el último nivel contemplan la ciudad, una vista de 360 grados, a lo lejos ven el Sacre Coeur, la dorada cúpula de los Inválidos, la Catedral de Notre Dame, los jardines de Trocadero, Bellas Artes y el río Sena que corre entre magníficos edificios residenciales.

Al rato mientras se alejan el poeta se queda observando la bandera de la Republica sobre la torre y pregunta:

—¿Cuánto mide la torre?

—Trescientos treinta metros, es la torre más alta del mundo – dice orgullosamente Jean.

—La verdad es que aun parece más alta.

—Es la ilusión de la perspectiva desde el suelo.

Llegan a la calle Rivoli y está atardeciendo, en el pequeño bar un hombre toca en el acordeón las canciones de Debussy, que es la moda en las calles de París. Invitan al joven poeta que lea sus poemas en francés. Jean sueña con su arribo a la isla, una lagrima corre por su mejilla y bebe, bebe el coñac de la despedida, del adiós a su amado París.

Es su ultimo día en la ciudad donde ha vivido por más de veinte años y ahora se enfrenta a una nueva vida en un país que, aunque lo vio nacer, no recuerda. Se apresura a la casa donde viven su abuela y la negra Joaquina que ha sido su madre sustituta. Toca la enorme puerta y ésta le abre y lo abraza:

—Jean, mi Jean, por fin has decidido regresar a la casa. Tu abuela se pondrá feliz de verte, no hace más que preguntar si has venido.

—No mi querida negra, solo he venido a despedirme porque mañana salgo para la isla.

—Eso no puede ser, tú sabes que no queda nada allá, que se perdió todo y tu abuela se moriría si lo supiera.

—Es que deseo despedirme de ella, no quisiera irme sin decirle adiós, además, me gustaría saber dónde están las tumbas de mis padres.

—No se mijo, ella no quiere dar información sobre eso, yo solo recuerdo que la finca se llama Los Naranjos.

Entra madame Joubert y se apresura a abrazar al joven:

—Mi amado Jean has vuelto, mira que delgado estás y esa ropa ¿De dónde la has sacado? Pareces un comunero, Joaquina saca uno de los trajes del joven y que se bañe, hay que preparar el pollo que a él le gusta y las tostadas, aunque sea de tarde.

—No abuela, he venido a despedirme, mañana parto a la isla.

—¿A la isla? Estás loco, allá solo se puede encontrar muerte y ahora están en guerra contra los españoles, ya no quieren a los colonos allá.

—A eso voy a reunirme con los revolucionarios para lograr la independencia su independencia de los españoles.

—¿Quién te ha metido esas ideas en la cabeza? Tú no tienes necesidad de volver allá, ni siquiera hablas bien el idioma. Seguro te has juntado con esos revoltosos de la comuna.

—Abuela, yo deseo saber dónde están las tumbas de mis padres.

—Nunca, en ese lugar solo hay muerte, no pienses que yo voy a dejarte usar la fortuna de tu padre para esa locura.

—Yo no quiero dinero solo quiero saber dónde están.

—No lo sé, tu abuelo sabía la ubicación, y las ultimas noticias que tuvimos antes de su muerte es que los negros se habían alzado contra los blancos en el 68 y muchos hacendados salieron de la isla.

—Pero algún documento debe quedar.

—No queda nada, todo estaba allá en casa del mayoral.

—¿Pero al menos recuerdas la zona donde se ubicaba?

—En el oriente, solo recuerdo eso, han pasado más de veinte años y nunca más lo mencionamos.

—Bueno debo partir, ya deben estar esperándome.

—Jean piensa mejor las cosas, aquí lo tienes todo, está tu familia y Joaquina que ha sido como tu madre, si te vas ahora quizás no nos volvamos a ver.

—Adiós abuela – se acerca y la abraza, ella se retira bruscamente secándose las lágrimas.

—Adiós, mamá Joaquina – se acerca, la besa la frente y la negra responde:

—Que Dios lo acompañe mijo.

Capítulo 15

El naufragio

El grupo de jóvenes ha pasado unos meses en España mejorando su conocimiento del idioma y preparando el tan deseado viaje, llevan un par de semanas en el puerto llamado Palos de Moguer o de la Frontera de donde salieron las embarcaciones dirigidas por Cristóbal Colón el 3 de agosto de 1492, pues se han enrolado en un viaje conmemorativo al suceso, que pretende hacer el recorrido del almirante en la misma fecha, pero de 1889. Ellos, junto con otros jóvenes de toda Europa, repetirán los 27 días olvidados que pasaron las tres primeras naves en África antes de la partida del Mediterráneo, por lo que la partida final hacia América será el día 6 de septiembre de 1889. Ellos también pasarán por Canarias y harán una estancia breve, como hicieron y se olvida muchas veces las primeras embarcaciones que cruzaron el Atlántico.

Se reúnen en la Iglesia de San Jorge Mártir para rezar y encomendarse a Dios antes del viaje. Jean no tiene costumbre de pedir por nada, pero en esta ocasión se arrodilla y ruega por su nuevo destino, pues como los primeros marinos sabe que cruzará el Atlántico por primera vez y en su corazón teme que su rumbo se pierda. Están muy entusiasmados y han planificado cómo van a documentar la travesía, también cómo van a administrar la comida y el agua, pues cada cual es responsable de su supervivencia en alta mar. El primer recorrido que sale de España hasta África es corto y pintoresco. El reto mayor es evitar las tormentas en el océano abierto, para lo que les dan un entrenamiento en los días que anteriores a la partida final. Jean es un joven muy detallista y ha decidido escribir su propio diario y recoger todas las vivencias.

Miércoles, 6 de septiembre de 1889.

"Por fin salimos de África, el último punto al que llegamos es la Isla de las Palomas, donde hemos hecho una parada corta y al atardecer partimos al basto Atlántico, la noche esta estrellada y ya comienza el invierno así que está enfriando rápidamente. Viajamos en el velero holandés "Tres Amigos", de velas anchas, mástiles altos y largos cascos de madera, de asombroso diseño y uno de los más exóticos en Europa actualmente."

Martes, 19 de septiembre de 1889.

"Hace tres días llueve sin parar y nos han informado que se avecina una tormenta, debo confesar que me atemoriza, sobre todo en las noches porque no se ven las estrellas, y la oscuridad no nos permite ver más allá de nuestras narices. Todo está mojado, llevamos la misma ropa hace unos cuantos días y no hemos podido secarla, por eso debe ser que estamos más cansados por el peso que traemos encima."

Ese martes en la noche el barco fue envestido por una gran tormenta y sin poder evitarlo alguno de los jóvenes quedaron flotando a la deriva en alta mar, entre ellos el joven Jean. Han perdido la cuenta de las horas que llevan encima de un pedazo de madera recibiendo los rayos del sol y la lluvia. Comienzan a perder el conocimiento por momentos y a tener alucinaciones.

Una semana después Jean se encuentra en otro velero rumbo a su destino, pero ha perdido todas sus pertenencias, las tantas horas sin comer, al sol y al sereno le ha creado un bloqueo mental, han podido saber su nombre porque su camisa lleva una dedicatoria de su abuela. El joven está deshidratado y ha estado durmiendo por varios días.

El 10 de noviembre de 1889 llegan a un puerto del oriente de la isla a donde se dirigía el velero con jornaleros contratados para trabajar en los cañaverales. El español del Jean no es perfecto, pero puede entenderse con los contratistas y logra un puesto en la cuadrilla. Realmente no recuerda mucho de quién es, ni la razón por la que emprendió el viaje. Así ha comenzado su nueva vida, como un inmigrante que ha llegado sin nada.

Capítulo 16

El amor de la criolla

2 de diciembre de 1892.

Han pasado dos años desde que Jean llegara a la isla, en su trabajo como ayudante en el central azucarero ha progresado mucho, lo han promovido a operador de la centrífuga, pues en poco tiempo ha comprendido el proceso y entiende la operación de la maquinaria a la perfección. Por alguna razón Jean no recuerda su pasado y parece no interesarle pues se ha insertado muy bien en la sociedad del caserío donde vive, allí tiene un buen amigo, el señor Evaristo, quien lo contratara y lo trajera a vivir a su casa en lo que conseguía un lugar permanente.

El capataz, como todos le llaman, es un hombre mestizo, corpulento y de grandes bigotes, está casado con una española y tiene dos hijas, la mayor se llama Isabel, es una joven hermosa que desde el primer día fijó sus ojos en el desmemoriado que su padre trajo a la casa, el francés como le dicen los amigos, pues en ocasiones responde con palabras en ese idioma, sobre todo cuando está molesto. Jean visita regularmente la casa del amigo y busca motivos para estar cerca de la joven que ya no sabe qué hacer para llamar su atención.

Es domingo y como de costumbre pasean por el parque las muchachas y los caballeros. "Hoy hablaré con ella" – piensa Jean mientras camina al encuentro de la joven:

—Señorita ¿Me permite caminar a su lado?

—Con mucho gusto caballero.

—La tarde está muy fresca y las damas hermosas como usted resaltan a la luz del sol poniente.

—Gracias, es usted muy elocuente.

Así en la cadencia de los pasos lentos, entre elogios y miradas cálidas, los jóvenes comenzaron un romance que los llevaría al altar y a mantener una familia unida hasta la ancianidad.

Cuando el francés tenía 70 años una tarde llamó a su nieto, el padre de Jean el arquitecto y le confesó que había recordado quién era y que su familia era propietaria de un cafetal en el oriente del país, pero que no recordaba el nombre del lugar. Jean, el padre, guardó el secreto y no habló de eso nunca más.

Capítulo 17

El misterio de las tumbas

Los Naranjos, 6 de octubre de 1987

Ernesto sostiene una punta de la cinta y Jean, en el otro extremo de la fachada, toma el largo a lienza corrida. La profesora dibuja el croquis y anota las medidas. Son las dos de la tarde del tercer día, de pronto la mujer nota que Jean coloca su mano en la frente tratando de taparse el sol, que no le permite ver los números. Ella, que tiene el pelo recogido dentro de un sombrero de yarey, se lo quita y lo extiende al joven.

—Gracias, dice el joven.

Entonces nota que el pelo negro de la mujer se mueve al compás del viento y sus mejillas encendidas resaltan lo oscuro de sus ojos. Se queda un momento mirando la silueta de la profesora a trasluz y parece que va a perder el equilibrio.

—Entremos, el sol te está haciendo daño.

—Espere – dice mientras trata de sacar una pequeña hoja enredada en el cabello de ella. La profesora lo mira y sonríe.

Él está parado con el sol a sus espaldas y el cabello rubio brillando como oro, la mujer lo mira detenidamente y al ver que él le sostiene la mirada, entra a la casona donde el frio y oscuro ambiente de la estancia los envuelve y los cuerpos cercanos se estremecen con un deseo inmenso de tocarse. Ella casi toca su espalda, entonces Clara y Andrés entran y sus pasos detienen la mano alzada que tiembla con la cercanía del cuerpo deseado.

—"Encontramos dos tumbas detrás de los quartier".

—El negro sabe de quienes son.

—Él solo habla del francés que se perdió en el cafetal.

—Dice que cuando sale la luna llena el difunto vaga por el cafetal.

—Historias de esclavos... vamos a ver las tumbas.

Pasan el jardín apresuradamente, cruzan los quartiers y se adentran a un pequeño bosque donde las plantas silvestres y los hongos cubren dos lápidas ennegrecidas sobre la tierra rojiza. Los jóvenes limpian la superficie y quedan silenciosos al leer lo que dice la primera: "A mi adorada Carmen, luz de mis mañanas, sol de mi atardecer". Con rapidez limpian la otra y leen: "Jean Joubert". Jean se vira lentamente y ve la palidez y el asombro reflejado en el rosto de Carmen, la profesora. Los demás se apresuran a limpiar el cristal que cubre las fotos de Jean y su esposa. Se asombran del parecido con el joven estudiante de arquitectura. Nadie dice palabra. Carmen cae sobre la tierra y les pide que la dejen sola.

Ha oscurecido y Jean está recostado sobre la balaustrada de hierro en el segundo nivel de la casona. Su mente trabaja rápidamente. El nombre de Jean Joubert lo heredó de su bisabuelo que llegó a finales del siglo XIX y se estableció en la capital de la provincia y allí ha vivido desde siempre la familia. Nadie nunca menciono cafetales, ni la existencia de un pariente que haya vivido antes en la isla.

Carmen sin perder la calma, sentada en la escalera piensa las posibilidades científicas para la coincidencia de los nombres y más que eso, la coincidencia de la diferencia de edad. Los demás integrantes del grupo se han ido a las barracas a chismosear y tratan de descubrir la intriga que los rodea, no faltan las risas y los tenebrosos chistes. La noche parece cómplice de la historia, está nublado y continuamente suenan los truenos que iluminan el valle y dejan ver la lluvia que se avecina.

Cualquiera sea la historia están dispuestos a descubrirla. Los campesinos anunciaron al grupo que va a llover por varios días y no podrán salir del valle. Acuerdan descansar durante la noche, sin hablar del tema y al otro día trazar un plan para investigar con más profundidad. Todos se van a dormir y en el silencio de la casona se percibe el embrujo de una historia que nadie ha contado. Jean se queda dormido mirando fijamente al sitio donde está Carmen, aunque no la puede ver. Ella solo cierra los ojos y recuerda el deseo de tocar la espalda de Jean.

Capítulo 18

El jinete y la tormenta

Los Naranjos, 7 de octubre de 1987

Cae la lluvia intensamente, rayos y relámpagos atemorizan al grupo que investiga. Instintivamente todos se han reunido en una esquina de lo que fuera el almacén en el primer nivel de la casona, enfocados en la puerta que deja ver los destellos de luz y por donde entra el fuerte viento de la tormenta. La joven Marianela del caserío los acompaña, se distrajo conversando y quedó atrapada con ellos.

Las lluvias en los cafetales son comunes, pero cuando se desatan las tormentas con vientos casi huracanados son de temer. Los jóvenes no acostumbrados a la vida del campo están aterrados pues la poca visibilidad y el ruido continuo de los rayos representan una escena desconocida para ellos. Refugiados en su rincón tratan de darse valor. Por un momento la consecuencia de rayos deja ver un jinete parado en medio de la tormenta, desafiando a la naturaleza.

—¿Vieron eso? — Dice Clara – parece un hombre a caballo.

—Si —asienten los demás mientras miran a la puerta y otra vez, la luz de los rayos les deja ver al jinete parado en medio del vendaval.

—Yo creo que es un hombre desnudo a caballo – dice Ernesto – es que todo está muy oscuro.

—Es un hombre desnudo a caballo – aclara Marianela.

—¡Está loco! A quien se le ocurre salir en medio de esta tormenta y con esta lluvia a cabalgar – comenta Carmen.

—Usted lo ha dicho, está loco – afirma Marianela – nadie sabe de dónde sale, solo aparece cuando hay tormentas y desanda desnudo por el cafetal. Realmente nadie le ha visto de cerca.

Como sino del destino, un rayo alcanza al jinete y este cae al suelo en medio del estruendo, los jóvenes incrédulos de lo que acaban de ver, se levantan y corren al portón. La tormenta es cada vez más intensa, pero deciden que es necesario ayudar al jinete caído, los hombres agarran una cobija y salen en busca del cuerpo tirado. El caballo ha muerto pero el hombre desnudo parece estar con vida.

Las mujeres preparan un lecho donde acomodan al hombre, asegurándose que esté bien cubierto y comienzan a frotarlo con los mismos paños con que lo han cubierto. Marianela lo mira fijamente y con asombro dice:

—Se parece al joven Jean.

—No, es tu idea, mira él es mulato y tiene el pelo bien encrespado y negro – dice Clara.

—Si, sí se parece, si te fijas bien tienen la misma nariz y boca – continúa explicando Marianela – es la primera vez que lo veo, el único que lo ha visto antes es el viejo Ramon porque le deja ropa y comida no sé dónde en el monte.

—Yo no le veo el parecido – insiste Clara.

Carmen se acerca con un poco de té caliente en un recipiente y trata de darle a beber. Luego se sienta junto a los jóvenes que continúan analizando fijamente al caído y comenta:

—Este hombre tiene al menos unos 60 años y sí para ser mestizo tiene los labios muy finos y la nariz es griega como la de Jean.

—¿Quién será este hombre? – dice Ernesto – está muy fuerte, y aunque se ve mayor, sus músculos están firmes.

—Debe hacer mucho ejercicio, al menos debe caminar mucho.

—Lo que pasa es que los guajiros aquí suben y bajan muchas lomas – aclara Marianela – eso los mantiene fuertes y aunque sean viejos aún pueden recoger el café y hacer otras labores.

El hombre comienza a toser y Carmen se acerca con más te. Este se sienta y los mira asombrados:

—¿Quiénes son ustedes? ¿Qué hacen en la casona? —Aquí solo venimos Ramon y yo, nadie más pasa por aquí.

Se mueve con intenciones de pararse, pero recuerda que este desnudo. En su movimiento levanta la mirada y se encuentra con este joven que parece salido de la pintura que su mamá guardaba del antiguo dueño del cafetal, el joven Jean, y también le llama "Mesié". Acostumbrados ya al parecido los jóvenes no se asombran esta vez, sino que comienzan a cuestionar al mulato.

—¿Y tú quién eres? ¿Por qué nadie nos dijo que andarías por los cafetales sin ropa?

—Aquí nadie viene, solo Ramon y esta atrevida, que le han dicho que no se meta en donde no la llaman.

—¿Y por qué no voy a venir? Mira la tormenta que está cayendo, agradece que estábamos aquí, quien te iba a ayudar, te hubieras muerto.

—No es la primera vez que me da un rayo, la pobre bestia siempre me salva, esta vez parece que ya no pudo más.

—¿Bueno y tu como te llamas? – pregunta Jean.

—Juan, como mi padre y mi abuelo, también se llamaban Juan. Estas tierras eran de mi bisabuelo Jean Joubert, él se murió en el incendio del cafetal, y luego la madame se llevó al niño, pero mi bisabuelo, mi abuelo y mi padre cuidaron de este lugar, y ahora me toca a mí.

—¿Cómo, que tú eres descendiente del dueño?

—El joven Jean tenia a una negra que lo consolaba antes de llegar su esposa, lo que pasa que con la tragedia todo se olvidó y nadie se acordó más de la negra, ella se fue al monte por miedo a que le quitaran al bebe y nunca más nadie supo de ella, pero allí con otros negros armaron un palenque, arriba en la montaña. Después con los años los demás se fueron yendo, pero mi padre insistió que alguien volvería a recuperar el cafetal y aquí he esperado todo este tiempo.

Capítulo 19

Atraídos por el nombre

Los Naranjos, 8 de octubre de 1987

El gallo no canta esta mañana, aún está lloviendo y el tenue sol apenas entra por las rendijas de las maderas de la casona. Jean no deja de mirar a la esquina donde está Carmen. Ella sabe que el joven la observa y teme virar su cuerpo hacia ese lado. El resto pretende dormir, nadie quiere ser el primero en despertar y llamar la atención de los otros. El ruido de la gran puerta abriéndose les da la oportunidad a todos de fingir la sorpresa y levantarse. El negro ha entrado con su nieta y han traído café caliente en jarros metálicos.

Sentados en círculo toman el café y un pan de maíz que la joven reparte sonriente. El anciano al fin dice:

—Mi abuelo contaba la historia del francés que se volvió loco y le prendió fuego al cafetal quemándose con él. Nunca encontraron su cuerpo. Pero estaba loco, se acostaba sobre la tumba de su esposa y cantaba en francés día y noche. No se sabe a dónde llevaron al hijo, nunca más regresaron. El administrador estuvo en la finca hasta que comenzaron a quemar los cafetales con la guerra de independencia y los españoles saquearon todo lo que pudieron antes de abandonar la zona. La casona lleva como un siglo cerrada y olvidada, dicen que está embrujada y que el espíritu del francés no deja que nadie la pueda habitar.

No se dice más, nadie pregunta, nadie comenta, toman el café y el pan y van saliendo en silencio, solo quedan Carmen y Jean.

—¿Como es posible que sin haber trabajado antes y sin que tu especialidad sean las construcciones de los cafetales franceses te haya interesado en este proyecto?

—El nombre del cafetal me atrajo, quería saber por qué se llamaba Los Naranjos.

—¿El nombre? Me parece algo sin sentido, involucrarse en una investigación sobre algo que a nadie parece interesarle solo por un nombre.

—Si, el nombre resonaba en mi cabeza como si me dijera, hay algo ahí que te interesa. Pero tu ¿no sabias que el dueño se llamaba como tú?

—Era parte de lo que había que investigar, es el único asentamiento del que no existe registro de propiedad y al que nadie quiere venir por lo intrincado que está. Además, solo son ruinas, no se conserva nada salvable, no se puede hacer nada en este lugar.

—Jean, entonces por qué arriesgar la investigación si hay otros lugares con mejores condiciones.

—No sé, yo creo que quizás también el nombre, desde el principio olvide el nombre de todos los otros y me empeñe en buscar y llegar a Los Naranjos.

—Debemos ser objetivos, descubrir el factor casualidad que nos envuelve.

—Carmen, perdón que la llame por su nombre profesora, pero no cree que quizás hay algo más que nos une, algo más allá del llamado del nombre.

—Jean, no olvides lo más importante que es el trabajo que vinimos a hacer. Lo que este lugar puede aportar a la investigación. No seamos objeto del juego del destino.

Jean se acerca y la mira fijamente:

—¿Por qué no se ha casado? – Ella le sostiene la mirada.

—No creo en el amor. Solo amo mi carrera y las cosas que puedo lograr con mi esfuerzo. Si estuviera casada no podría estar aquí. El amor es una atadura muy difícil de disolver.

—Me lo imaginé, una mujer sin sueños, por eso nunca sonríe.

—Mi sonrisa es el trofeo para aquellos a los que dejo entrar en mi vida y mis alumnos no son parte de ellos.

—¿Habrá alguien que pueda desatar esa sonrisa?

—No en este lugar.

—No lo sabemos.

Es el cuarto día y el agua corre desde las montañas hacia la planicie en que está la casa. Los guajiros corren en busca de los estudiantes y la profesora anunciándoles que se avecina una gran inundación y deben salir con ellos. La aventura ha terminado, no pueden hace nada más que regresar a la ciudad. Se alejan con el firme propósito de regresar y descubrir el misterio que guarda el cafetal.

Capítulo 20

Jean descubre el secreto del padre

Lo acontecido en Los Naranjos fue una sorpresa para el joven estudiante de arquitectura y al llegar a casa le conta detalladamente a su padre la experiencia, notando en el rostro de éste una rara expresión que no desapareció con el paso de los días, así que decide indagar la razón de esa expresión de preocupación.

—Papá hace días te noto contrariado, te veo buscando en las gavetas y casi no hablamos. ¿Pasa algo que no me has dicho?

—Es que tu bisabuelo, el francés, antes de morir me contó un día que había recordado la razón por la que se había embarcado hasta aquí, me dijo que su familia tenía unos cafetales en el oriente del país, pero que no sabía dónde, ni recordaba el nombre, por lo que no le di importancia, pero ahora que me cuentas de la coincidencia de los nombres y las demás cosas me pregunto si no tendrá algo que ver con lo que él me dijo.

—Pero papá ¿Como te has callado algo así por tantos años? Imagínate si posiblemente esa es la finca que él vino a buscar.

—Bueno las coincidencias existen, lo más difícil es que no tenemos forma de saber si ese es el lugar, a mí la verdad nunca me intereso saber nada de su historia antes de llegar al país porque como no la recordaba, además mucha gente que inmigró de Europa para acá no tenía nada en sus países y vinieron a hacer nueva vida acá, pensé que posiblemente él no quería recordar algo que quizás fuera doloroso o vergonzoso de su pasado.

—De todas formas, debemos indagar, quién sabe y realmente si tengo relación con el francés atormentado de Los Naranjos.

—¡Hijo tienes una forma de decir las cosas! Pero si creo que es hora de buscar ayuda sobre este asunto, he estado buscando documentos antiguos, pero recuerdo que siempre me dijeron que él naufragó y todos los documentos que traía con él se perdieron, que se supo el nombre por una camisa bordada que traía.

—Lo mejor será escribir a la embajada de Francia y buscar asesoría.

Así comenzaron las indagaciones con las que terminaron descubriendo que efectivamente, el joven estudiante era descendiente de la familia dueña del cafetal, aunque solo podía saberlo por los testimonios de los guajiros del lugar pues no existía registro de nada lo relacionado al lugar, por los que siguieron buscando y finalmente pudieron contactar a los parientes franceses, que inmediatamente se apresuraron a realizar su propia investigación para conocer a los descendientes del joven que partió un día en busca de su patrimonio olvidado.

Capítulo 21

Una visita inesperada

Jean y el padre llevan varios días preparando su viaje a París, están llenos de emoción por conocer la familia que no sabían tenían en el viejo continente, pues no solo en Francia sino también en España han encontrado parientes. Es temprano y deben hacer unos trámites de último momento, alguien llega de improviso a su puerta, una señora de unos 50 años, muy bien vestida y acompañada de un señor evidentemente extranjero. El padre de Jean se deja caer en el sofá de la pequeña sala mudo del asombro. El joven deja pasar a la pareja y pregunta quienes son.

—Yo soy tu madre...

El silencio se hace dueño del momento y el joven solamente responde:

—Pasen, me quieren explicar que significa todo esto. Papá, ¿Tú sabias de esto?

—No, él no sabe nada, míralo, ¿No te das cuenta de que está en shock?

—Me imagino que tendrá una explicación para presentarse así dc la nada en esta casa.

—Claro que tengo una explicación. Hace muchos años he querido contactarlos, pero me ha sido muy difícil, hasta que, gracias a Dios, he tenido los medios y los recursos para venir a verlos.

—¿Que tú crees nos va a contar ahora papá? A ver dígame, señora ¿Como pudo olvidar a un hijo por casi veinte años?

—Pero es que yo nunca te olvidé, has estado presente en mi mente cada instante desde que salí de esta casa.

—Bueno sentémonos y hablemos tranquilamente – dice al fin Jean el padre – A ver Blanca que es lo que te impidió por tanto tiempo la comunicación. —Yo nunca me imaginé que te olvidarías así de tu hijo, de mí siempre supe que nuestro matrimonio no iba a durar, éramos muy diferentes, y yo sabía que tu buscabas algo más allá de lo que yo te podía ofrecer.

—Jean, el tiempo que vivimos juntos tú sabes que yo hice lo posible porque fuéramos una familia feliz, al presentárseme la oportunidad de ir a España no lo pensé dos veces, pero siempre con la idea de que ustedes se unieran conmigo luego.

—Entonces cuando cambiaste de idea y te olvidaste de la familia que dejaste aquí.

—Si me dejaras explicar entenderás las razones.

—Bueno habla de una vez...

La mujer se sienta y el hombre que la acompaña junto a ella, está muy nerviosa y se seca el rosto sudado con un fino pañuelo que después guarda en una cartera color marrón que combina con los zapatos del mismo color. Todos están en silencio, el acompañante le toma la mano y la mira con una mirada tierna mientras le dice: "Habla mujer, ellos sabrán entender". Al fin ella levanta la cara y comienza la historia:

—Cuando llegué a España solo sabía de la familia de mi papá con la que había contactado, ellos vivían en las Islas Canarias, en Tenerife y allí llegué. Ellos me recibieron como a una parienta lejana y a los pocos días me dijeron que tenía que trabajar para poder vivir allí y pagarles lo que me habían prestado para los papeles y el viaje. Yo no conocía nada y me fui a la calle a ver qué aparecía, pasando por un bar vi un anuncio de que buscaban meseras y entré, conversé con el encargado y me dijo que podía hacer el trabajo, pero que debía empezar en la madrugada porque era lo que tenían disponible por el momento. Así fue, en unos pocos días ya me había instalado con otra joven en un cuarto y pensaba que me encaminaría para poder hacer dinero, pagar la deuda y ver como reunía para mandar por ustedes.

—Y ¿Que pasó por qué no mandaste por nosotros? — Interrumpe el padre.

—Allí conocí a una muchacha de Marruecos que me dijo que había otra forma de hacer dinero rápido y me convenció para que viajara con ella a una ciudad llamada Casablanca, que había un conocido de ella que le estaba proponiendo un negocio. Agarré lo poquito que tenía ahorrado y me fui con ella, me hacía ilusión porque había visto una película con ese nombre y me pareció que era una buena señal.

—Casablanca ¿El lugar de la película?

—Ese mismo, es un lugar muy bonito pero muy peligroso. Cuando llegamos nos quitaron los pasaportes diciendo que nos lo darían cuando fuéramos a regresar, después nos vistieron de árabes y nos dijeron que no habláramos para que no se dieran cuenta que éramos de España. Ya en ese momento me empezó a dar un poco de miedo, pero mi amiga me decía que no me preocupara que ya ella había ido allí por la mercancía varias veces. Sin embargo, a medida que nos adentrábamos en las calles me fui sintiendo peor y comencé a decir que me quería ir, pero ellos tenían mi dinero y mis documentos, no podía hacer nada. Después me llevaron a un lugar que nunca supe donde era y nos encerraron en un cuarto, no sé por qué tiempo. Mas tarde nos montaron en una camioneta y nos llevaron a otra parte donde por fin me di cuenta de que no me sería fácil salir de allí, nos llevaron a un prostíbulo.

Capítulo 22

Los años en Marruecos

Blanca y su amiga María Elena han sido engañadas y llevadas a prostituirse a Casablanca, ellas no hablan árabe y han pasado mucho trabajo para entenderse con el resto de las mujeres del burdel, todavía son jóvenes y los hombres las buscan, pero el ambiente entre las otras mujeres no es bueno y no han sido bien acogidas. Para sobrevivir se han mantenido unidas y dándose fuerzas una a la otra y en ocasiones cuidándose las heridas que les causan los clientes cuando ellas se rehúsan a saciar sus deseos más viles.

Se han alojado en el cuarto trasero de la casa, el más pequeño, en el que hay una cama personal y muchas otras cosas en cajas que ellas no han querido investigar, allí solo van a descansar el poco tiempo que tienen, pues no importa la hora del día, si alguien las solicita deben ir. Esta situación ha hecho que las dos mujeres se cuiden y convivan como verdaderas hermanas. La española es mayor que la isleña y conoce más de las maneras de los árabes y siempre dice que un día vendrá uno que la sacará de esa pocilga.

Pero han pasado dieciocho años y aún están en las mismas, con la diferencia que ya no son tan jóvenes y los clientes tienen menos dinero y son de estrato más bajo. María Elena está muy enferma y casi no puede salir del cuarto, vive de la poca comida que su amiga le puede llevar y no tiene fuerzas ni para levantarse de la cama.

—Mira Blanca, en esta maletica están las cosas más importantes de mi vida, hay un papelito en el que he escrito la dirección de mi familia en Madrid, no sé si todavía están ahí, pero si logras salir de aquí algún día llévales esta carta, ahí les explico todo y sé que te van a ayudar.

—Pero mujer ¿Como has guardado tanto dinero?

Es que ya sabes solo compraba lo imprescindible y el moro aquel al que le gustaba siempre me dejaba algo en mi cama, tú sabes que está prohibido que nos paguen a nosotras, pero él siempre me daba algo escondido.

—No te preocupes, vamos a salir juntas de aquí, con este dinero veré como me las arreglo y salimos de esta.

—No, yo voy a morir en este cuarto, tu no dejes que descubran el dinero ni la carta que te he dado, de eso depende tu libertad.

—Pero mujer, si tú has aguantado todo este tiempo, no vas a abandonar el deseo de salir de aquí, mira todo lo que has juntado.

—Ojalá me hubiera decidido antes, esperé mucho y mira ahora – suspira – "Me estoy muriendo"

María Elena sabía que ya no aguantaría más y los dos últimos días instruyó a Blanca para que lograra escapar. "El moro", como le llamaban al viejo que la buscaba, ya tenía instrucciones de que, si ella moría, él debía buscar los contactos para ayudar a "La isleña" como conocían a la otra mujer en el lugar. Habían pasado muchos años desde que las habían llevado prácticamente de esclavas a ese lugar y estaban más viejas y gastadas, casi no les ponían atención, más bien las tenían de criadas limpiando el lugar y cocinando, o lavando ropa.

Al morir la española, Blanca contactó al Moro y empezaron a hacer arreglos para el escape, pero no era fácil porque las mujeres nunca salían de los alrededores de la casa y en caso de que lograra salir, ella no tenía documentos para viajar, así que tendría que salir en las lanchas de los traficantes y al llegar a España encontrar la forma de que sacar alguna documentación, lo que no sería nada fácil, pues han pasado muchos años desde que le hicieron el primer documento y pasaporte español.

La isleña ha perdido a su amiga y sabe que, si no hace hasta lo imposible por salir de ese lugar ahora que tiene alguna posibilidad, nunca lo hará. Decidida le entrega parte del dinero al Moro y ruega que, por la memoria de la española, este la ayude. Pero pasa un mes y el hombre no aparece con noticias y comienza a impacientarse, no sabe qué hacer, cada día la vida se le hace menos llevadera en aquel infernal lugar, se siente sola.

—Virgencita, no me abandones, mira que yo te he llevado siempre en mi pensamiento y sé que me has cuidado la vida en este lugar del demonio. Yo solo te pido una cosa, llévame a la isla a ver a mi hijo, solo eso, si después tengo que morir, moriré en paz. –Noche tras noche es el ruego de Blanca, sola en el pequeño cuarto, ruega y ruega lo mismo.

Esta noche como de costumbre han venido a sacar las cajas cerradas y a dejar cajas vacías al cuarto, cada dos semana los mismo por dieciocho años. Ella recuerda lo que María Elena decía: "Seguro es droga lo que llevan ahí, pero cómo saberlo, si las abrimos se van a dar cuenta, sabes que los moros que vienen tienen prohibido abrir las cajas, solo las llevan a la lancha... y fíjate, ahí cabemos perfectamente, un día deberíamos meternos y que nos lleven..."

La isleña se quedó mirando las cajas vacías y se metió en una de ellas para asegurarse que realmente había la capacidad para que ella se acurrucara ahí. Lo más difícil pensó: "¿Como cierro la caja después?" ... tiene dos semanas para buscar una solución.

Con el paso de los días fue haciendo planes primero para esconder la caja que no se la llevaran vacía, después guardar la dirección, la carta y el dinero de forma tal que, si la descubrían, no lo perdiera, para eso lo mejor que se le ocurrió fue envolverlo e introducírselo en la vagina, en el ano no, porque: “Va y se me sale un pedo”, en fin, todo lo estaba pensando muy bien, pero: “¿Como coño cierro la caja?”.

En la tarde siempre viene un muchachito que se lleva la basura, casi no habla, pero se ha hecho amigo de Blanca porque ella le da golosinas y lo deja que vea las caricaturas del circo en el pequeño televisor portátil que tiene en el cuartucho. Ella ha estado tanteando al chico, de unos 10 años para ver si le puede cerrar la caja y ella le regala el televisorcito.

—Es que le quiero dar un susto al moro sabes, quiero salir cuando ellos vengan a recoger las cajas.

—Jajajajá, eso sería brutal, porque ese moro es cobarde... pero ¿De verdad me regalarías el televisor?

—Si hijo sí, me pienso comprar otro, tú no te preocupes, solo clavas bien la tapa de la caja.

—Bueno, ¿Cuándo le quieres dar el susto?

—El viernes cuando vengan por las cajas llenas, yo voy a esconder una vacía y cuando traigan las llenas, me meto y tú me tapas la caja, así me llevan con ellos.

—Si, pero ¿Y si se dan cuanta?

—Tú no te preocupes yo les digo que me estabas ayudando con la broma.

Llegado el día en que vendrían a recoger las cajas llenas, Blanca esperó que los moros trajeran las cajas llenas con la droga y saco la que tenía escondida hace unos días, el chico de la basura vino y en cuanto oscureció ella se acomodó y el cerro la caja martillando fuertemente los clavos que ella tenía preparado, luego agarró su televisor y se fue. Un par de horas más tarde llegaron los moros, y se llevaron las cajas. Para la isleña todo fue un muévete y tira hasta que llegaron a la lancha, ahí tuvo la suerte que pusieron su caja debajo de las otras, así el peso ayudaba para que no se moviera tanto, pero sobre todo para que no se fuera a abrir.

Los narcotraficantes transportan el hachís desde la Mar Chica, en Marruecos, hasta las costas españolas y normalmente lo hacen en lanchas equipadas con cinco motores que alcanzan velocidades de 60 nudos (casi 120 kilómetros por hora), así se trasladaron hasta Ibiza, la costa valenciana, de ahí al Delta del Ebro en Cataluña, donde descargaron la mercancía. La dejaron en un lugar escondido cerca del rio en un parque natural, a donde llegaron unas camionetas a recogerla para llevarlas a Madrid, unas 6 horas más y al fin comenzaron a destapar una por una las cajas de madera hasta que se encontraron con la isleña.

Capítulo 23

La Isleña en Madrid

Blanca se ha quedado con muy poco dinero, ha tenido que pagar el valor de tres mil dólares por la carga perdida en la caja en que salió de Casablanca y mil dólares para que le hicieran otra vez el pasaporte español con su verdadera identidad, no podrá sobrevivir más que unos días con el poco dinero que le queda. Decidida va en busca de la familia de María Elena a la dirección que ésta le escribiera en el pequeño papel.

La dirección está en el barrio del Salamanca, prácticamente en el medio de la ciudad, por lo que decide salir temprano desde Latina y buscar un taxi que la lleve al lugar. No sabe que le puede esperar después de casi 18 años que su amiga habló por última vez con su madre y con su hermano, tampoco sabe si aún están en esa dirección, pero piensa que ahora María Elena es como un ángel que la guiará para cumplir lo que le prometió a su amiga en el lecho de muerte.

Por fin está frente a la casa, al tocar le sale un hombre un poco mayor que ella pero que le recuerda enseguida la sonrisa de su gran amiga:

—Tú debes ser Paco, porque eres la versión masculina de María Elena.

—Si, si señora, yo mismo soy y ¿Usted sabe de mi hermana?

—Si, hace poco tiempo compartíamos habitación, pero desgraciadamente hoy estoy aquí porque ella no alcanzo a ver este día.

—¿Qué pasó? Hace muchos años no sabemos nada de ella, mamá murió deseando volver a verla y yo me he quedao aquí solo porque éramos ella y yo, me has encontrado de casualidad porque ayer debía partir para Valencia, yo trabajo en el puerto. Pero mujer que noticia más triste me has *traio* ¿Cómo es que la María E no se comunicó con nosotros en tanto tiempo?

—Es algo que tengo que contarte con calma, no ha sido fácil, ella realmente fue mi mejor amiga y gracias a ella estoy aquí, yo le debo mucho.

—Pero siéntate, tienes que contarme todo en detalles, estoy muy triste de saber que mi María E, como yo la llamaba, está muerta, aunque yo pensé que se había muerto hace mucho tiempo porque no he podido entender como no volvió a comunicarse con su madre si ella la llamaba casi todos los días. Nosotros hasta fuimos a buscarla allá donde ella vivía en Tenerife, pero nos dijeron que se había ido a trabajar fuera del país, solo que nadie sabía dónde.

—Si, fuimos a parar a Casablanca en Marruecos, pero realmente nos engañaron y fuimos esclavas de esos moros por muchos años.

—Qué horror mujer y mi podre hermanita como pudo soportar eso, ella era muy frágil.

—Precisamente por eso no soporto, ella me dio un dinero para ustedes, pero el infortunio no me permitió traerlo, pero te prometo que en cuanto pueda te lo busco.

—Mujer no te preocupes, si veo que realmente estás necesitada, yo no necesito ese dinero y saber que estuviste con ella cuando no tenía familia cerca, con eso para mí es más de lo que me puedas dar de dinero.

—Paco, tú eres un buen hombre y no quiero que pienses que me aproveché de su buen corazón, porque lo que ella hizo por mí es lo más grande que nadie ha podido darme en toda mi vida.

Después de esta primera visita, Blanca visitó varias veces a Paco porque él quería saber más y más de cómo había sido la vida de su hermana esos años que estuvo lejos de él y su madre. Un día Paco la invitó a quedarse y se dieron cuenta que deseaban ser más que amigos, así que la isleña volvió a sentir el deseo de amar a un hombre y tener sexo con él sin el remordimiento ni el dolor que sentía cuando era maltratada por aquellos hombres toscos y mal olientes que la usaban para su malvado placer en Casablanca.

Capítulo 24

Blanca y Paco

La isleña se ha ido a vivir a la casa de Paco, éste pasa toda la semana trabajando en el puerto y viene los fines de semana, así que ella también trabaja como camarera en un hotel y ha podido reunir algún dinero con el objetivo de viajar a la isla en busca de su hijo. Solo la atormenta que aún no le ha dicho al español su deseo de viajar y cada día ve que la relación entre ellos se va haciendo más intensa y dependiente, el hombre piensa que ha encontrado una compañera para el resto de su vida.

Esa tarde él ha llegado con un ramo de flores y una botella de vino, dice que tiene algo importante por lo que quiere celebrar. Ella queriendo agradarle ha preparado una tortilla de papas con el toque criollo como ella la llama y se ha vestido muy provocativamente para complacerlo, porque sabe que cuando se suelta el pelo y se pone las minifaldas, el pierde la cordura y no aguanta las ganas de llevarla a la cama, pero esta vez, él se ha sentado y mientras toman una copa de vino, saca una cajita roja de su bolsillo y arrodillándose le ha pedido:

—Blanca ¿Te casas conmigo?

Ella anonadada se ha dejado caer en la silla y tomándole las manos lo ha hecho levantar mientras le dice:

—Mi querido Paco, tú sabes que yo te amo con to mi alma, pero hay algo que no te he dicho y creo que es tiempo que lo sepas.

—¿Qué mujer? ¿Qué es lo que no me has contado? ¿Acaso tienes otro hombre?

—De alguna forma sí, yo aún estoy casada en mi país y también tengo un hijo allá.

—Pero mujer ¿Cómo no me has dicho eso antes y has dejao que me enamore de ti?

—Yo sé que debí decirte antes, pero me dejé envolver por este sentimiento que me has provocado y todos los días me he dicho: "Hoy le voy a contar" y has llegao y ya no he podido.

—Ya vez, ahora que he decidido por primera vez en mi vida hacer familia, no puedo, tú ya tienes una familia.

—Es algo complicado, no he tenido comunicación con ellos por muchos años, hasta miedo me da contactarlos, he pensado juntar el dinero y llegar allá y explicarle todo a ver si me perdonan y me entienden, pero mi querido Paco, no te preocupes, ese hombre debe haber encontrado otra mujer y hasta quizás tenga más familia.

—Quieres decir que si te divorcias del ¿Podemos casarnos?

—Claro mi amor, yo no podría vivir separada de ti nunca más.

—Pues no se diga más, nos vamos a la isla a resolver lo de tu divorcio y a que puedas ver a tu hijo.

Capítulo 25

La despedida

La Universidad, verano de 1988

Los graduados abandonan el teatro entre besos y abrazos. En cada boca la palabra "Felicidades". Jean en la puerta de salida espera a Carmen que se acerca vestida de rojo con el cabello suelto tapándole la espalda descubierta. El vestido ceñido dibuja su figura y el joven se recrea en su andar cadencioso. "Nadie diría que tiene treinta años"– piensa. Al llegar ella se inclina a recoger su cartera en la mesa, y él aprovecha para acercarse por la espalda, ella se vira rápidamente y sus miradas se encuentran una vez más.

—Profesora Carmen.

—Hola alumno... perdón arquitecto – Ella cuelga su cartera del hombro y se dispone a caminar. Jean le impide el paso.

—Hoy me voy.

—Gracias a Dios.

—No sabía que creía en Dios

—Hay cosas que es mejor no anunciarlas y solo vivirlas.

—Lo mismo dice mi padre.

—¿Y tú? ¿Crees en algo?

—En el amor. ¿Ya es tiempo para que hablemos?

—No, no sé, todavía no lo sé.

—De cualquier forma, esta semana salimos para Francia mi padre y yo, al fin hemos encontrado información sobre la familia de mi bisabuelo, el pobre hombre había perdido la memoria, pero con lo acontecido en Los Naranjos todo comenzó a salir a la luz y hemos hecho contacto con algunos parientes en París.

—Me alegro, ojalá que puedas encontrar tus raíces, al menos para eso nos sirvió el viaje al cafetal.

—¿Hay alguna forma en la que podamos tener contacto?

—No, por ahora enfócate en lo referente a tu familia y los proyectos que tienes por delante, quizás cuando regreses si se da la oportunidad conversaremos.

—Pero...

—No, deja que el tiempo nos muestre que es lo mejor, por ahora, es adiós.

Ella se aleja y él la sigue con la mirada hasta que se pierde entre la multitud de familias que festejan a sus recién graduados, luego ve a su padre que parece no encontrar nadie con quien hablar y va hacia el:

—Papá pareces perdido en medio de esta gente, ven vamos a saludar a Odalis y Clara que andan tomando fotos.

Diciéndole esto al padre se detienen a ver a Blanca que llega con Paco. Jean no sabía que vendría porque no los había invitado.

—Papá ¿Quién le dijo a la señora que viniera? ¿Cómo supo de la graduación?

—Yo la invite, ella está muy interesada en acercarse a ti, dice que no sabe cómo recompensar el tiempo que ha perdido contigo.

Jean los ve llegar y aunque no esperaba su asistencia se alegra de poder tener a los dos, padre y madre con él ese día, cosa que nunca había imaginado, en ese momento pensó en todos lo que habían conversado y las cosas que la mujer le había contado de lo difícil que había sido para ella volver a encontrarse con él. Agradeció a la vida esta nueva oportunidad y llegando hasta la madre la abrazó.

Capítulo 26

Jean en París. La sorpresa del destino

Jean y su padre han llegado a París, lo reciben en el aeropuerto Evonne y Fabienne, los únicos familiares que pudo contactar después de mucha indagación. Ellos al saber de la existencia de los isleños, también buscaron la mayoría de las pruebas para demostrar que eran los descendientes del joven intrépido que abandono el país un siglo atrás y nunca más supieron de él. Todos lo creyeron muerto, pero siempre quedó la historia que los viejos repetirían y se recordaría por más de un siglo.

La casa donde viviera madame Joubert antes que su nieto partiera para la isla seguía habitada por otros parientes, pues al morir ella, sus sobrinos heredaron la propiedad y la habitaron, lugar donde recibieron a los nuevos parientes con los brazos abiertos y deseosos de conocer la historia de aquel que pensaban había muerto en la travesía, o sabe Dios de otra forma, porque nunca más supieron de él.

Al llegar al lugar, el joven Jean se maravilló de lo conservado que estaba el lugar que a finales del siglo XIX se consideraba de lujo en Rue Laffitte. Al entrar al departamento parecía que el tiempo se había detenido, la familia había decidido mantenerlo como lo había dejado madame Joubert hace cien años, con unos pocos arreglos, pues realmente nadie lo había habitado permanentemente. Al entrar llamaba la atención un retrato de la señora y el que seguramente era el joven muerto en el cafetal, que realmente parecía una foto del joven arquitecto, todos estaban impresionados.

El lugar deslumbra al joven porque es un verdadero ejemplar de la arquitectura del Art Nouveau en París, conocido por estar inspirado en la naturaleza, las flores, los árboles y otras referencias vegetales que expresaban habitualmente motivos y patrones sinuosos y dinámicos que buscaban deshacerse del rigor que dominaba estilos anteriores. Los parientes notan el interés del muchacho y lo alagan por su conocimiento, algo que agrada mucho al padre, pero de alguna manera molesta a Jean.

Como muchos de los edificios de la época, éste es asimétrico, con balcones en las fachadas y la entrada ubicada en una esquina. Está decorado con rejas, pasarelas y marcos de ventanas en diferentes formas y realizado en hierro fundido con líneas curvas. El apartamento ocupa el cuarto y final piso, parte de lo cual es el jardín trasero, a donde salen y se sientan a conversar alrededor de una mesa redonda donde hay servidos queso y jamón. Se han juntado varios otros miembros de la familia y todos interrogan a los recién llegados, entusiasmados por conocer la historia del extraviado joven que salió en busca de su patrimonio y perdió la memoria y toda conexión con su familia.

Luego de varias horas algunos comienzan a partir y Fabienne les informa que ellos podrán quedarse en el apartamento el tiempo que consideren necesario para hacer las gestiones referentes a recuperar la identidad del que fuera bisabuelo de Jean y conocer que pudieran recuperar del patrimonio en la isla o en Francia. Los recién llegados se sienten aliviados al quedar solos y libres de las preguntas, se quedan sentados terminando la botella de vino y mirando las luces de la ciudad. Ninguno desea hablar, realmente están tan sorprendido de todo lo que les ha sucedido en la última semana que solo desean un poco de paz para meditar en lo que deben hacer.

—Es idea mía papá, pero esta gente nos ha recibido con mucho entusiasmo.

—Puede que así sean aquí, pero, mirándolo bien, si un poquito más de lo común ... puede ser.

—De todas formas, debemos estar alerta a cualquier cosa, no sea que nos salgan con una sorpresita.

Esa noche Jean se deleitó observando las luces de París y los detalles del apartamento que había pertenecido a su familia y que ahora habitaban él y su padre, algo que no se hubiera imaginado antes y que, por jugada del destino y su interés por las construcciones francesas de los cafetales y en especial por Los Naranjos, ahora puede disfrutar.

A la mañana siguiente Evonne y Fabienne los recogen para llevarlos a las oficinas del registro civil y otros lugares para estableces el parentesco y averiguar su estatus en cuanto a obtener la ciudadanía francesa. Para su asombro no sería muy difícil, pero les recomendaron buscar un abogado, porque al parecer en el testamento de madame Joubert había una cláusula en caso de que apareciera su hijo, o algún descendiente de éste. Cláusula de la que los franceses sabían la existencia, pero no conocen el contenido real.

—Entonces quiere decir que ustedes sabían que si aparecía algún heredero de la señora había que abrir esa cláusula del testamento.

—Sabemos que existe porque por mucho tiempo miembros de la familia han tratado de saber dónde está parte de la fortuna que no se ha podido encontrar, pero la oficina de abogados que aún guarda el testamento y lo tienen registrado en el Registro General de Actos de Ultima Voluntad, donde solo el notario de la oficina encargada con el heredero testamentado puede acceder. Según tengo entendido, madame Joubert dejó un documento explicando que hasta la cuarta generación de descendientes de su hijo podrían acceder a esa parte del patrimonio.

—¿Eso quiere decir que mi papá y yo todavía somos herederos de la fortuna de los dueños de Los Naranjos?

—Si y créeme parte de los parientes están interesados en saber si realmente ustedes son descendientes del hijo de la señora.

—Ya me imaginaba yo que tanta miel anoche era por algo...

—Si, mi hermana y yo hemos tenido mucha resistencia desde que comenzamos a tener contacto con ustedes, pero no queríamos decirles nada para que hicieran el viaje tranquilos y podamos encontrar los papeles en paz.

—De todas formas, gracias por decirnos así sabremos a qué atenernos con los demás.

Más tarde en la oficina del notario se leyó el documento en donde la difunta madame Joubert establecía que si en algún momento aparecía un sobreviviente, el cafetal "Los Naranjos" seria propiedad de esa persona y también el apartamento en París, como una casa de verano en Saint-Tropez, que siempre era usada por la familia, pero seguía sin poder pasar propiedad porque aún no habían pasado las generaciones establecidas por el testamento. El trámite más pesado era aún buscar más pruebas que demostraran que Jean y su padre eran descendientes del hacendado dueño del cafetal e hijo de la finada.

Un par de semanas pasarían y padre e hijo aún estaban en gestiones, lo que alargaría su viaje, por lo que decidieron conocer la ciudad y a los demás miembros de la familia, que ya sea por interés o por solidaridad, siempre les daban la mano y los ayudaban en lo que podían. Jean, el joven, comenzó a aprender el francés y logró hacer contacto con "Arquitectura sin Fronteras" una organización que estaba comenzando a gestarse por un grupo de arquitectos que trabajaban por un desarrollo sostenible colaborando con otras asociaciones españolas en Andalucía, con el deseo de hacerse presente en distintos países a través de proyectos de cooperación, para trabajar con miles de personas al año en busca mejorar sus condiciones de vida, entre otros derechos fundamentales.

El objetivo fundamental de la organización seria defender el derecho a una vivienda digna y a la ciudad; de cooperar en el campo de la arquitectura social, con proyectos de viviendas, escuelas, centros de salud, redes de saneamiento o formación y capacitación; ideas que atraparon al joven desde su tiempo de estudiante y que anhela poder poner en proyectos que reanimen las ciudades de su isla y sobre todo que reanimen los asentamientos en el campo.

Jean había comenzado a tener contacto con una arquitecta colombiana residente en París y a su llegada no tardó en buscarla, ella a su vez lo introdujo al resto del equipo y comenzaron a buscar los intereses comunes en la realización de proyectos, lo que en su medida también le permitió a Jean considerar la idea de usar lo que quedaba de Los Naranjos como incentivo para la creación de algún proyecto turístico o algo por el estilo en el lugar, si llegaba a conseguir los derechos sobre la propiedad, cosa que no solo dependía de que se demostrara era descendiente del antiguo dueño, sino también de las leyes de la isla en relación con propiedades de extranjeros.

Capítulo 27

Jean (padre) y la francesa

El viejo, como Jean llama a su padre, recorre el "Champs De Mars" o "Campo de Marte", uno de sus lugares preferidos en París, puede ver a mucha gente correr, leer, o simplemente pasear a sus hijos, como la joven señora que pasea a un niño en una silla de ruedas, varias veces se han cruzado y ella lo ha saludado. Él no se ha atrevido a hablarle porque su francés no es muy bueno, pero esta tarde ella se ha quedado más rato cerca del banco donde él está y ha podido mirarla más detenidamente, es muy alta y parece tener entre 35 a 40 años, de pelo corto y negro, el niño tiene el mismo color de pelo y se parece a ella, quizás tendrá unos 12 años. La mujer se acerca.

—*Salut monsieur, pouvez-vous me regarder l'enfant un instant, s'il vous plait...*

—*Désolé, je ne parle pas français ...*

—¿español? ¿Habla español?

—Sí

—Que, si me puede mirar al niño un momento, olvidé el bolso en el otro banco, allí.

—Si vaya

La mujer da unos cuantos pasos rápidos y regresa con el bolso algo pesado al parecer.

—Es que le traigo su comida, casi no come y cuando venimos aquí se entretiene y come mejor.

—Su español es muy bueno

—Es que viví en España por mucho tiempo, él nació allá.

—Yo nací en una isla del Caribe y es la primera vez que vengo a París.

—Y ¿Le gusta?

—Si, había leído mucho sobre la ciudad, pero la verdad me ha parecido mucho mejor de lo que imaginaba.

—Yo nací aquí en París, pero mis padres me llevaron a España muy joven y allí me casé y tuve a Jesús, es mi único hijo y tiene parálisis en las piernas pues se cayó del balcón de unos vecinos jugando y quedó en esa condición, le han hecho muchas pruebas, pero no hay esperanza, él tiene movilidad de la cintura para arriba, y le gusta mucho estar al exterior. Él también habla castellano.

—Hola, Jesús, mi nombre es Jean.

—Hola, señor...

—Qué bueno que te gusta venir al parque, así siempre estás rodeado de gente alegre y la naturaleza, aquí hay mucho espacio y el aire es fresco.

—Me gusta empinar mi Cerf-volant ...

—Ah, el papalote...

—Es que le gusta ver cómo el viento lo lleva, pero a veces se le ha ido y lo hemos perdido.

—Ven te ayudo, a mí me gusta mucho también, cuando era niño siempre mi padre me hacía unos de papel.

—Jesús ¿Cómo se llama tu mamá?

—Se llama Camille.

Jean juega con el niño por un rato mientras la madre ha tendido un mantel sobre el césped y acomoda la comida, ha traído pan, queso y quiche lorraine, que a Jesús le gusta mucho, ha servido tres platos y tiene jugos en la canasta.

—Señor Jean ¿Nos acompaña?

—Si, como no eso se ve delicioso ¿Qué es? ¿Como una tortilla española?

—¿El quiche lorraine? No, parece, pero está elaborada con masa quebrada rellenada con nata fresca, huevos y panceta sazonada con pimienta negra y nuez moscada. Pruébela.

Jean toma un pedazo de la torta que Camille le ha puesto en un pequeño platillo.

—La verdad está tan buena como parece, me ha gustado mucho.

—A mí me gusta mucho, es lo que más me gusta.

—Ya veo Jesús y ¿Qué otra cosa te gusta comer?

—Los helados, siempre quiero comer helados.

—Bueno, sí a tu mama no le molesta te puedo invitar cuando terminemos con esta deliciosa torta, ves allí está el carrito.

—Si, si ¿Verdad que sí, mamá?

—Lo acaba de comprar, no hay nada que le guste más, pero a lo mejor usted está ocupado y le estamos haciendo perder el tiempo, que dirá su familia.

—No, no se preocupe, solo somos mi hijo y yo. Él anda con sus amigos y sabe Dios a qué hora llegará. Mas bien no le he preguntado por su esposo.

—El padre de Jesús está en España, él tiene otra familia, hace dos años nos separamos y él se volvió a casar cuando nos vinimos a París.

Desde entonces Jean y Camille se dieron cuenta de que se habían encontrado para comenzar una nueva aventura juntos y a partir de ese día esperaban el momento de reunirse en el parque para compartir alimentos, vino y la compañía de Jesús, que encontró en el hombre un gran amigo.

Capítulo 28

Arquitectura sin Fronteras. La colombiana

Carolina es una arquitecta colombiana mayor que Jean, estuvo en la isla cuando el muchacho todavía era estudiante y coincidieron en varios eventos, a la mujer el joven le pareció atractivo y simpático desde el primer momento, luego, cuando intercambiaron más se dio cuenta de que era muy inteligente y con una visión del diseño y la arquitectura que en alguna manera le recordaban sus intereses cuando era estudiante. Ella lo ha invitado a una reunión del incipiente movimiento "Arquitectura sin Fronteras" en Andalucía y el joven, sabiendo que su madre vive en España ha aceptado, por lo que se disponen a realizar el viaje en tren.

El viaje dura aproximadamente doce o trece horas desde París a Madrid, tiempo suficiente para que los jóvenes hablen de las cosas que les interesan. Para Carolina más que suficiente para ver si el joven se fija un poco en ella, pues hasta el momento no ha presentado otro interés que el profesional y solo habla de los asuntos relacionados con la arquitectura, sus proyectos y ahora los "sin frontera". Deben hacer una escala en Barcelona y cambiar de tren, lugar que Jean siempre ha deseado conocer, así que pasarán unas horas allí antes de continuar el viaje.

Los jóvenes caminan la estación de tren Barcelona Sants para llegar un rato al famoso parque de Joan Miró, donde se encuentra la conocida estatua mujer y pájaro. Por esta plaza cruza la Gran Vía de las Cortes Catalanas, una de las calles más importantes de la ciudad. Jean toma fotos y filma lo que para él es un sueño alcanzado. Carolina lleva algún tiempo viajando la ruta y solo se recrea viendo el entusiasmo del joven, que parece solo tener interés en los edificios, evadiendo todas sus insinuaciones.

—Jean, debemos comer algo, han pasado más de seis horas desde que tomamos un café en el tren.

—Enseguida, es que quisiera aprovechar el poco tiempo que tenemos hasta el otro tren.

—Bueno, sigue tomando tus fotos y yo compro algo para los dos en la cafetería de la esquina – dijo ella con la idea de que él quisiera acompañarla, pero él no se interesó y solo siguió enfrascado en lo que hacía sin mirarla.

Ella se alejó un poco enojada y pensando qué sería lo que no dejaba que Jean se diera cuenta de que le gustaba y que esperaba ver algún interés de su parte hacia ella. La colombiana sabía que era una mujer hermosa de un cuerpo trabajado con ejercicios, que desde muy pequeña le inculcaron el uso de faja para que su cintura se marcara y no acumulara grasa en el estómago. Ella mantiene una rutina de ejercicios diarios y una dieta meticulosa contando las calorías que consume y no dejando que su mente le tiente a comer comidas muy dulces, porque sabe que las golosinas siempre han sido su tentación.

Finalmente, la joven se decide y compra chocolate y churros, porque es lo más fácil de llevar y porque no puede evitar comerlos cada vez que encuentra un lugar donde los venden. Se acerca al joven que sigue ensimismado en su observación del lugar:

—Mira Jean compre estos churros que me parece que te van a gustar mucho.

—Oh, gracias, si realmente las cosas dulces me fascinan.

—A mí también, mira eso tenemos en común.

—Yo creo que los dulces le gustan a todo el mundo.

—No creas hay quienes prefieren las cosas saladas o picantes más que el dulce.

—Puede ser, a mí me compran con cualquier golosina.

—¿Será? Va y tengo suerte y me miras un ratico porque desde que salimos no me has visto a la cara directamente ni una vez – le dice fijando sus ojos en el joven, que le sostiene la mirada por un momento y luego pretende disfrutar de la comida alejándose para observar un cartel en el parque.

—Bueno yo me voy a sentar porque sí como esto una vez cada mil años debo disfrutarlo.

No insistió más en sonsacar al joven y llegado el momento regresaron a la estación para tomar el tren que los llevaría finalmente a Madrid.

Capítulo 29

El reencuentro con Blanca en Madrid

Ha pasado un mes desde que Jean supiera el destino de su madre, Blanca lo ha invitado a venir a Madrid y pasar unos días con ella, así que antes de llegar a Andalucía él y Carolina llegaron a verla. La mujer los recibió con mucho cariño y les preparó comida y les tiene listo un cuarto para que descansen. Al finalizar la cena, conversan con Paco mientras la madre prepara café.

—Entonces ustedes quieren llegar a la reunión para este fin de semana.

—Si, es el sábado porque muchos no pueden viajar antes por el trabajo y otros compromisos.

—Y ¿Desde dónde vienen los demás?

—Me imagino que fundamentalmente de otras partes de España y el resto de Europa, aunque sé que hay algún que otro africano – responde Carolina.

—Ese es un proyecto hermoso, seguramente lo más difícil es encontrar los medios económicos para realizarlo.

—Realmente yo creo que será el obstáculo más grande para superar, pero Jean tiene unas ideas que seguramente recibirán mucho apoyo entre los demás.

—¿Sí? De qué se trata, digo si no es muy complicado para explicarle a alguien como yo que solo fui a la primaria.

—No, para nada, lo bueno que tiene es que está al alcance de las personas como usted dice que no tienen mucha educación, porque se necesita de la colaboración de todos los interesados y especialmente de los que habitan los lugares con necesidad. Explícale, Jean... Bueno, no sé si usted sabe de las cooperativas que se realizan para trabajar la tierra en lugares donde los campesinos no tienen los recursos para comprar los productos para cultivar, ni los equipos.

—Si ¿Algo como las comunas agropecuarias?

—Exacto, en este caso serian para mejorar el habitad dependiendo de las necesidades de los diferentes lugares, se trataría de mejorar no solo la vivienda sino también las calles, el parque y otras partes del entorno urbano.

—Suena muy interesante mijo, pero esas cosas cuestan mucho dinero.

—Parte de la idea es que las mismas personas puedan trabajar en las construcciones en su tiempo libre y así se recortaría mucho en mano de obra.

—Como te digo me parece interesante y ojalá reciban el apoyo necesario, pero, de todas formas, yo creo que van a necesitar mucho apoyo económico.

—¿De qué hablan?... ¿de política? – entra Blanca con unas tasas de café.

—No, de lo que piensa Jean respecto al grupo ese que están formando en Andalucía.

—Pero, mijo ¿No crees que tienes muchas cosas aun que resolver con tu papá respecto a todo eso de la herencia y el nombre?

—Si, pero de todas formas estamos aquí y me parece interesante comenzar a comunicarme con ellos, además, sobe Dios cuanto nos podamos tardar con lo eso de los papeles de la herencia, porque imagínate que hay unos parientes ahí que no están muy complacidos con que hayamos aparecido.

—¿No me digas? Ya sé, la familia no se imaginó nunca que ustedes existían, así como ni tú, ni tu papá pensarían nunca que tendrían familia en París. Pero también recuerda, yo soy ciudadana española y tú también puedes adoptar mi ciudadanía cuando desees.

—Mi papá está muy ilusionado con todo lo referente al apellido, a él eso de la herencia no le interesa mucho, él dice que ha vivido toda la vida de su trabajo, pero saber de la familia que no sabía existía en este continente, es algo que lo ha llenado de mucha vitalidad y hasta una enamorada se ha encontrado en París.

—¿No me digas? Eso es muy buena noticia, tu papá es un buen hombre y merece tener a su lado a una mujer que lo ame y lo haga feliz.

—Ella es divorciada y tiene un hijo con una condición especial, está en una silla de ruedas.

—Debe ser una mujer muy especial también.

—Ya la conocerán, en cualquier momento venimos, solo hay que esperar que se resuelvan los papeles y todo lo referente al apellido para obtener la ciudadanía francesa.

Esa noche Blanca preparó una habitación para Jean y Carolina, pues tenía la idea de que eran una pareja. Al ver que Carolina no dijo nada, el joven se acercó a la madre:

—¿Me traes unas cobijas para quedarme en el sofá de la sala por favor?

—Es que yo les preparé la otra habitación, allí estarán cómodos, la cama es grande y es muy fresca.

—Si, Carolina se va a quedar allí, yo puedo dormir aquí sin problemas.

—¿Qué, andan disgustados? Mijo en la cama se arreglan mejor los problemas de parejas.

—Es que...

—No le haga caso señora, yo me encargo de que se venga acá.

Blanca se retira sonriente y Carolina se acerca a Jean:

—No vas a dormir molesto aquí si allí hay una cama cómoda y grande, hay espacio para los dos, prometo que no te voy a rozar... Se va al cuarto entre carcajadas picaronas.

El joven la sigue, ella se quita la bata con que cubre un camisón corto de manga tirantes de color verde, con mucha caída, cómodo y fresco, una seda que se pega al cuerpo con los movimientos y deja que el joven aprecie la figura hermosa de la joven, que ha hecho ejercicios toda su vida para mantener unos senos firmes junto a un estómago plano. Los ojos de Jean recorren el cuerpo de Carolina fijándose en las piernas bien torneadas y relucientes por la crema que esta se ha colocado. Ella se acuesta sobre la espalda y lo mira:

—Acércate, ves, aquí podemos dormir los dos sin problema, y así nos damos calor, si quieres dejamos la ventana abierta y podemos ver las estrellas desde la cama.

Jean, dejando su ropa junto a la de Carolina, se adentra en las sábanas. Ella continúa hablando del cielo que ven por la ventana y se acerca lentamente y lo besa tranquilamente, como si supieran que era el siguiente paso por dar, inevitable, pues ella enloquece por el hombre que ha deseado desde la primera vez que lo vio en la isla y él porque al ver a la joven semidesnuda la ha deseado fervientemente, aunque en su mente sabe que lo que está por suceder cambiaria su relación de colegas, pero sin saber que lo llevaría por una camino inesperado y desenfrenado que no le sería fácil evitar.

Capítulo 30

Andalucía

Finalmente, ha llegado el fin de semana y Jean viaja con Carolina a Andalucía, allí los esperan los amigos de esta para llevarlos al lugar donde se han de congregar los arquitectos que han venido para participar en la configuración de la organización que están formando, con la que pretenden ayudar a comunidades pobres en la realización de proyectos habitacionales y comunales para que puedan mejorar su calidad de vida.

Entran al salón del hotel Sevilla, en la ciudad del mismo nombre y hay unas treinta personas de pie saludándose con mucho alboroto, Jean pasa la vista rápidamente para ubicarse y en una esquina, sorpresa, ahí está ella, Carmen. Está de espalda conversando con otra arquitecta, pero él reconoce esa figura donde quiera que este, es ella, quien fuera su profesora y por quién ha tenido ese sentimiento que lo enloquece desde el primer día. Se acerca lentamente y casi susurrándole al oído le dice:

—Profesora.

Ella se vira y casi pierde el equilibrio del asombro:

—Jean, ¿Qué haces aquí?

—Me imagino que lo mismo que usted, una amiga me ha invitado y he viajado con ella desde París.

Carolina con una estrepitosa carcajada llega donde ellos:

—Carmen, no sabía que vendrías, alguien me había comentado que estaban tratando de contactarte pero que no les habías devuelto los correos.

—Es que estaba haciendo un trabajo fuera de la facultad y hasta hace un par de semanas pude responder y ya sabes corriendo para poder venir, no es fácil que aprueben los presupuestos de un momento para otro.

—¡Qué bien que pudiste venir, tu experiencia es muy necesaria en este tipo de proyectos!

Jean solo la observa y escucha, no tiene ninguna intención de interrumpir la conversación de las dos mujeres, para él la presencia de la profesora es la sorpresa más inesperada y agradable que haya podido tener. Estar con ella en un lugar fuera de la escuela, donde el resto de los estudiantes y profesores le impedían acercarse y, sobre todo, que le intimidaban a ella para poder verlo como un hombre y no como a un estudiante. Definitivamente es una jugada del destino que nunca pudo imaginar.

La reunión comienza y los invitados especiales para la ocasión están sentados en una mesa donde están marcados sus nombres y tiene la agenda y otros papeles importantes en una carpeta destinada para ellos. Los demás están sentados en sillas alrededor, Jean como ha venido sin invitación, solo acompañando a Carolina, se sienta en una de las sillas fuera de la mesa, pero colocada justo enfrente de Carmen, por lo que constantemente intercambian miradas y sonrisas. Carolina está sentada delante de Jean y no puede ver la cara de él, pero si las miradas constantes de la profesora, lo que le molesta y comienza a intranquilizarle.

Cuando termina la reunión, Jean se acerca a Carmen:

—Profesora, ¿En dónde se está quedando?

—Aquí, en este mismo hotel.

—Nosotros también, pero nos vamos mañana de regreso a Madrid y de ahí a París, todavía tengo muchos asuntos pendientes allá.

—Yo también me voy mañana para Londres, voy a dictar una clase y de ahí regreso a la isla.

—Solo tenemos una noche.

—¿Cómo para qué?

—Podemos salir al jardín del hotel más tarde, dicen que el bar es muy bueno y que la música sevillana es muy alegre.

—Bueno, ahí llego a eso de las 9.

Ella se retira y él se dirige al vestíbulo cuando Carolina lo intercepta:

—¿Y qué? ¿Qué dice ella de la isla?

—Nada, no hablamos de eso.

—Y ¿De qué tanto hablaban?

—Nada que te interese cosas nuestras – dice él molesto.

—Bueno, no te pongas así, si quieres nos tomamos unos tragos y nos relajamos, quizás podemos salir un rato a algún lado...

—No, estaré ocupado esta noche, si quieres puedes ir con tus amigos, oí que estaban haciendo planes...

—¿Es que tu no vas a estar conmigo?

—No, he quedado con Carmen y tenemos cosas que hablar, preferiría estuviéramos solos, de todas formas, tú y yo nos vamos mañana para Madrid y tendremos mucho tiempo para intercambiar impresiones sobre la reunión de hoy.

—Pero es que a mí no me interesa hablar de la reunión, yo solo quiero estar contigo.

—Pero hoy no se puede.

El joven se retira sin decir más y ella contrariada lo sigue hacia la habitación que comparten. Él rápidamente se va al baño y la joven se sirve un trago de vino y se para en el balcón desde donde, por casualidad, puede ver la habitación de Carmen al otro lado del patio interior. Allí está la arquitecta moviéndose de un lado a otro como si estuviera escogiendo ropa. Carolina malhumorada regresa a la habitación en lo que Jean sale del baño, corre y lo abraza y comienza a besarlo, este la separa de él:

—Carolina, ¿Qué haces?

—Te beso ¿Es que no te gustan mis besos?

—Tus besos están bien, pero yo creo que debemos hablar, lo que pasó anoche no significa que nosotros tengamos una relación, me dejé llevar por el momento, pero tú sabes que yo realmente te veo como una amiga, una muy buena amiga, pero nada más, yo amo a otra mujer.

—Si, a Carmen, ¿No?

—Yo no tengo por qué responderte a eso, es mi vida privada y te agradecería que no te entrometieras, lo de ayer fue un error, no debí dejarme llevar, yo no quiero que nuestra amistad se pierda por una noche de intimidad.

—Pero es que yo a ti te quiero y no como a un amigo precisamente.

—Perdóname, no puedo corresponder a ese sentimiento porque yo amo a otra persona.

Ella sale de la habitación molesta, esperando quizás que él la siga, pero no es así, él solo termina de arreglarse y se va a la cita con la mujer que ama. Carolina lo sigue sin que el joven se dé cuenta y lo ve dirigirse al jardín donde se encuentra con Carmen que está hermosa con un vestido negro ajustado a su figura, el pelo suelto y una rosa natural en el cabello. Él se acerca y la toma de la cintura dándole un beso en la mejilla y juntos se sientan cerca de la pista donde algunas parejas bailan al compás de la música suave y cadenciosa que tocan los músicos.

...

El ambiente del patio es muy romántico y en cada mesa hay parejas evidentemente pasando momentos de intimidad, en la barra Carolina se esconde para no ser vista por Jean y Carmen que se han sentado cerca de los músicos y toman vino. Nota que este tiene el brazo sobre los hombros de la mujer y parece decirle algo al oído, luego, los ve besarse. Ella desconoce que es la primera vez que Jean besa a la profesora y que la pareja se está dejando llevar por un sentimiento mutuo que han controlado por mucho tiempo.

Los ve bailar muy juntos y luego salir rumbo al elevador que va a las habitaciones del otro lado del patio, donde se está quedando Carmen. Los sigue sin que ellos lo noten y los ve entrar en la habitación, luego se dirige al lado opuesto para ver la ventana cerrada y las luces que se apagan.

Capítulo 31

La noche eterna

Carmen y Jean por primera vez se han dejado llevar por el deseo incontrolable de estar juntos y desbordar el amor que se tienen. Ella lo ha traído a su habitación y entrando se han fundido en un beso cálido que parece no tener final. El la aprieta sobre su pecho y ella casi no tiene fuerzas para sostener sus brazos alrededor de él, luego caminan juntos al borde de la cama y el joven intenta decir algo, ella lo besa y le impide articular palabra.

—No sabes cuánto he deseado este momento, desde el primer día que te vi caminando por los pasillos de la facultad, ese día me enamore de ti y no he podido sacarte de mi mente.

—Mejor no hablemos, no quiero decir algo de lo que me arrepienta después, solo bésame y déjame enloquecerme contigo esta noche, es nuestra noche y no sé si volveremos a tener otra así.

—Carmen – el joven trata de hablar, pero ella vuelve a impedírselo.

La noche pasa lentamente y los amantes descubren sensaciones desconocidas para ellos hasta ese momento, quisieran que las horas no pasaran y que la oscuridad nunca diera paso a la luz del día, saben que solo tienen esa noche, porque al amanecer cada uno tomará un rumbo diferente.

Jean ha soñado con este momento infinidad de veces, sin tener la certeza de que llegara algún día. Carmen nunca pensó que pasaría, en su mente han existido muchas razones para evitarlo, pero ahí están, por primera vez dejándose llevar por el amor y la pasión que los consume, sin pensar, solo amándose.

...

Las primeras luces del amanecer los sorprenden aún envueltos en la pasión y extasiados mirándose fijamente a los ojos, como si quisieran ver el alma del otro. Ella rompe el silencio:

—Debes irte, debo prepárame, vendrán por mí para llevarme al aeropuerto, no quisiera que te encontraran aquí.

—No quiero separarme de ti.

—Debemos hacerlo, recuerda que debemos seguir nuestros caminos, rumbos que nos llevan a lugares diferentes.

—Si, pero podemos arreglar eso, quizás te puedas venir a París.

—Sabes que no puedo, debo regresar a la isla y tú, todavía no sabes el tiempo que te pueda llevar todo lo que debes hacer.

—No puedo perderte otra vez, no ahora que sé que me amas como yo a ti.

—Yo no he dicho que te amo.

—Yo sí y no puedo callarlo más.

—Dejémoslo así, yo sigo siendo mayor que tú y además ya sabes que nunca me ha interesado tener compromiso emocional.

—Pero Carmen...

—Te digo, dejémoslo así...

El joven se levanta y se dispone a salir, la mira y le dice:

—Yo estaré en el patio a las 9 de la mañana, antes de partir, si quieres que busquemos una vía para que podamos estar juntos, allí te espero.

Capítulo 32

Otra vez el destino en contra

Jean guarda todavía el sabor de los besos de Carmen y la sensación de placer que tuviera al tener sexo con ella por primera vez, camina hacia su habitación sabiendo que es posible que ella no aparezca en el patio esa mañana. Abre la puerta del cuarto que comparte con Carolina y para su sorpresa la encuentra tirada en el piso inconsciente, la llama y trata de despertarla, pero no puede, entonces se da cuenta de que esta tiene un frasco en la mano, lo toma y lee que son pastillas relajantes, desesperado toma el teléfono y llama a la carpeta para pedir auxilio.

Regresa al cuerpo de la mujer y nota que aún respira, en ese momento entran dos hombres a la habitación y lo apartan para reconocer a la mujer, después entran los paramédicos con una camilla y se la llevan. Un señor se le acerca y le pregunta quién es.

—Soy un amigo que viaja con ella, vinimos a una reunión y hoy debemos regresar a Madrid, luego a París donde yo tengo asuntos pendientes la semana que viene.

—Mire ahora usted no va a salir de la habitación hasta que yo no le diga, siéntese en esa butaca mientras yo tomo fotos y huellas, mire: ¿Ha leído este papel?

—No, solo entré y la vi a ella en el piso y no he hecho más que pedir auxilio.

—¿Quién es Jean?

—Yo.

—Está dirigido a usted.

—¿A mí? ¿Qué dice?

El hombre lee:

—“Jean, mi amor, no puedo soportar la idea de que estés con otra mujer después de haber pasado momentos ten inolvidables, en los que me demostraste cuanto me amas, te dejo el camino libre, me voy, espero que seas feliz”

Jean solo se tapa la cara con las manos y dice:

—No entiendo, Carolina y yo solo somos amigos y nunca pensé que fuera capaz de algo así, estoy desconcertado.

—Debo decirle que tendrá que acompañarme al hospital para saber el estado de su amiga y luego a la delegación para que de su declaración. Espero que no haya mayores complicaciones y la señora se reponga pronto del episodio, mientras tanto quedara detenido en lo que averiguamos lo acontecido. ¿Dónde estaba usted durante la madrugada?

—Estaba con una amiga en otra habitación.

—Es posible que tengamos que corroborar eso me puede decir ¿qué habitación y el nombre de la persona?

—Preferiría mantener eso en secreto por el momento.

—Está en su derecho, pero si llegara a complicarse el caso tendrá que decirnos.

Jean y el inspector salen del hotel rumbo al hospital. Son las 9 de la mañana. En el patio Carmen camina despacio hacia la barra y mira a su alrededor.

—Señora solo tenemos diez minutos, si nos tardamos más puede perder su vuelo.

—Solo deme un momento, espero a alguien...

Se queda parada mirando a la salida de los elevadores, pero no lo ve llegar, mira su reloj y al hombre que le insiste en que deben partir, son las 9 y 10 minutos, él no ha llegado. Toma su cartera y camina rumbo a la salida, se detiene y mira una vez más hacia la barra. Pasa un auto con los cristales negros, ella cruza la calle para tomar el taxi que la espera.

Desde el auto Jean la ve parada mirando al interior del hotel, trata de hacer algún gesto, pero ella está de espaldas, no lo puede ver.

Capítulo 33

Jean en la comisaria

El inspector y Jean han pasado por el hospital y les han informado que Carolina está inconsciente y todavía no saben las consecuencias que pueda tener por haberse tomado unas veinte pastillas de Lorazepam, un medicamento para la depresión, que ayuda a equilibrar las sustancias químicas del cerebro y el insomnio. Según el médico, la mujer estará en estado inconsciente unas 24 horas, así que el joven tendrá que esperar en la comisaria hasta que ella pueda dar declaración y se aclare toda sospecha sobre él.

...

Han pasado varias horas y el comisario lleva al joven a una pequeña celda donde hay un hombre evidentemente borracho que lo mira y le señala un camastro que hay frente a el:

—Tírate ahí, nos espera una larga noche – le dice con un acento que da a entender que no es español – ya es de noche y no vuelven a abrir las celdas hasta la mañana, si tienes deseo de aquello, allí en la esquina.

—Parece que ya has estado otras veces aquí, veo que eres un maestro en el asunto – le dice burlonamente.

—Yo he estado en todas las comisarías del Mediterráneo, en Europa y África – dice el hombre también en forma burlona.

—Pero tú no eres español...

—No, yo soy marroquí, me dicen el moro, tú tampoco eres español...

—No, tampoco, yo soy isleño del caribe.

—Hace unos años en Marruecos yo conocí a una que hablaba como tú y le decían "La Isleña", era muy amiga de una mujer que yo amaba.

—Mi madre vivió por allá, a ella la llaman así.

—Seria mucha coincidencia que sea la misma, yo volví a buscarla al lugar donde estaba, pero se había ido, ella y su amiga querían escapar de un lugar donde las tenían casi de esclavas, pero la amiga murió y no sé lo que paso con ella.

—No es casualidad, estamos hablando de la misma persona, pues mi madre tuvo que escapar de un lugar así y también tenía una amiga española que murió.

—Entonces si es ella, el destino nos ha unido, porque yo he deseado verla pues tengo una deuda pendiente con ella y, además, hay un dinero que me había dado María Elena para traerlo a España y dárselo cuando ellas llegaran, tenía miedo de tener tanto dinero con ella, si se lo descubrían, hasta podían matarla.

—Pero ¿cómo es que no pudiste ayudar a la isleña?

—La mala suerte, en una de mis borracheras me detuvieron por una pelea y ya cuando volví a buscarla no estaba, nadie sabía cómo se había ido, pues no dejó rastro, todo estaba intacto, lo único que faltaba en el cuartucho era un pequeño televisor que siempre tenía encendido.

...

Al día siguiente, ambos hombres pudieron salir y ya en la calle, Jean le mostró al moro una fotografía que tenía de su madre, al darse cuenta de que era la misma mujer, el marroquí casi brinca de felicidad, pues le preocupaba que iba a quedar mal con su amiga, a la que había querido mucho.

Capítulo 34

El reencuentro del Moro y la Isleña

Jean y el Moro han recogido a Carolina que se ha recuperado, aunque con muchas recomendaciones médicas para controlar su ansiedad y depresión. Jean está preocupado y desea llevarla de regreso a París lo antes posible para que pueda ver al doctor que la atiende. Viajan en la furgoneta en que se mueve el moro por toda Europa, va de país en país de forma nómada, solo tiene el asiento delantero, en el que se acomodan los tres y en la parte trasera tiene infinidad de cosas, que ni el mismo puede enumerar.

El viaje de Andalucía a Madrid es de aproximadamente seis horas y media, tiempo que Jean aprovechará para ver el paisaje y para que Carolina se despeje un poco, está deseoso de poder dejarla en su casa y dejar el episodio de la noche anterior atrás, piensa continuamente en Carmen, le queda la duda de si ella llegó o no a verlo en el patio del hotel. No tiene forma de comunicarse con ella, deberá contactar a los arquitectos que la invitaron para que le den información de cómo llegar a ella y eso le llevará tiempo.

La mujer no deja de hablar. El moro sube el volumen de la radio a ver si ella descansa del parloteo, pero esto molesta más a Jean que solo quiere pensar en su amada, por lo que pretende dormir recostado al cristal de la ventana del carro. Hacen una parada al llegar a Córdoba para comer algo y estirar los pies, el joven desea conocer la Mezquita-Catedral, así que aprovecha para separarse de sus acompañantes, entrando al lugar.

El joven recorre los salones corroborando que realmente, como había leído, el lugar representa el mestizaje del carácter de la ciudad, la catedral con alma de mezquita con estilos omeya, gótico, renacentista y barroco y lo más importante, que en el altar mayor convive con un mihrab o lugar santo musulmán, algo que no pasa en ningún otro lugar. Se recrea mirando las columnas de jade y mármol, los mosaicos bizantinos enmarcados en naves renacentistas. Lee que este fue el segundo templo más importante del mundo musulmán, solo por detrás de la mismísima Meca y que terminó de construirse en el siglo X, que funcionaría como Mezquita hasta la reconquista en el siglo XIII, cuando pasaría a usarse como Catedral tras su consagración.

Ensimismado está en su recorrido cuando entra al "Patio de los Naranjos", custodiado por hileras de naranjos y palmeras, arcos de herradura y el rumor de las fuentes. Inevitablemente recuerda el cafetal y a Carmen. Camina lentamente las hileras de árboles pensando en el tiempo que pasó junto a su amada, un sentimiento de soledad lo embarga mientras repite incansablemente el nombre de la profesora. El moro lo llama y hace que salga de su atolondramiento. Regresan al carro para continuar el viaje.

...

Entrada la noche llegan a Madrid, donde Blanca los recibe asombrada de ver a su hijo en compañía del moro.

—¿Qué hace este hombre con ustedes?

—Deja que te expliquemos, no vas a creer cuando sepas las cosas que nos han pasado y en donde nos conocimos.

Le mujer incrédula y dudando del beneficio del encuentro les dice que entren, también Paco se les ha unido y perplejos escuchan el relato que el joven les hace.

—Entonces por eso no apareciste cuando yo te esperaba, porque estabas preso Moro del infierno.

—Cuando te busqué ya te habías ido y nadie me supo decir...

—¿Y qué hiciste con mi plata?

—Guardada mujer, junto con un dinero que María Elena me dio para cuando llegaran a España, ella tenía miedo de que se lo quitaran.

—¿De qué hablas?... ella no me dijo nada de otro dinero.

—Es que ella tenía miedo de que supieran que ella tenía más dinero del que pretendía traer, tú sabes cómo son las cosas allá, cualquiera podía hacerles daño si sabían que traían más dinero.

—Son unos sesenta mil dólares. No los tengo conmigo ahora porque no sabía que esto iba a pasar, pero te juro mujer que no los he tocado.

—No sé si creerte, cuando los vea, será otra cosa.

—Parte de ese dinero es para su hermano, ella me explico que si le pasaba algo que los dividiera entre tú y el.

—Bueno —dice Paco— ahora ella y yo somos uno solo.

—Eso veo y me alegro, porque es lo que más hubiera querido la difunta.

Terminaron haciendo planes para la entrega del dinero y el Moro se comprometió a cumplir la palabra que le dio a su amiga antes de morir.

...

Jean y Carolina han salido a caminar y el joven aprovecha para conversar sobre la situación en que se vio envuelto, debido a la locura de la mujer que se tomó esas pastillas.

—Carolina ¿Tienes idea en el problema en que me metiste cuando me llevaron a la comisaria?

—Ya sé, perdóname, es que me entró un sentimiento de soledad al verte con Carmen y verlos besarse juntos en su habitación.

—¿Es que me estabas espiando?

—Solo los seguí.

—Mira Carolina, yo creo que lo mejor es que tú y yo no nos veamos por un tiempo. Tú necesitas enfocarte en tu nuevo trabajo y yo, ya sabes que tengo muchas cosas por delante.

—Pero Jean...

—Tú sabes que yo puedo ser tu amigo, pero nada más.

—Ya sé que a ti quien te interesa es Carmen, pero mira se fue y no le importó que te llevaran preso.

—Eso no lo sabemos, además, aunque no la vuelva a ver a ella, tu solo me interesas como amiga y para que no te confundas, lo mejor es que dejemos de vernos.

—Jean, yo me voy a Colombia por un tiempo antes de volver a París, tú crees que cuando regrese pudiéramos volver a ser amigos.

—No lo sé Carolina, por ahora es mejor que tú sigas tu camino y no nos veamos más.

Capítulo 35

Jean dueño de todo

Han pasado dos años, Jean y su padre han logrado la nacionalidad francesa y que se les nombre herederos de la fortuna de Madame Joubert. Están instalados definitivamente en el apartamento de París y esperan viajar a la isla próximamente. El arquitecto desea saber el estado de Los Naranjos y si hay alguna forma de recuperarlos. Sentados en el balcón el joven y su padre contemplan el atardecer sobre la ciudad y toman coñac. Jesús juega empinando uno de sus papalotes y Camille lee uno de sus libros de poesía sentada al lado del padre del arquitecto.

—Mijo ¿Cómo íbamos a imaginar esto hace un par de años cuando quisiste estudiar el cafetal Los Naranjos?

—Parece que mi destino estaba ligado a ese lugar, por eso quiero regresar y averiguar si podemos recuperarlo. Había muchas cosas allí que me intrigaban, aquella historia de amor y desgracia es también historia de la familia, ¿Sabías que la esposa del francés se llamaba Carmen?

—Sí, me habías comentado, no sé si pensar que es coincidencia o cosas del destino, hay algo inexplicable en esa historia, es como si alguna fuerza quisiera que la historia terminara con un mejor final.

—Si te refieres a que Carmen y yo podamos terminar juntos no sé, nada de los que he hecho para contactarla me ha funcionado, no sé si ella quiere que volvamos a vernos, la última vez quedamos de vernos en un lugar y no pode saber si fue porque terminé en una comisaría.

—Si esta de Dios que estén juntos, nadie lo va a poder impedir.

—Quién sabe, ahora que volvamos a la isla trataré de buscarla.

Jean se levanta y camina hacia el barandal para mirar hacia la calle, sus pensamientos le llevan a la noche en que él y su amada Carmen bailaron e hicieron el amor en Andalucía y se pregunta si cuando la vio saliendo del hotel ella venia del patio donde él debía esperarla y un terrible temor se apoderó de él. ¿Sería posible que la profesora lo buscara esa infortunada mañana? Quizás por eso no desea verlo. "Definitivamente debo volver a la isla" piensa, se voltea y mirando a su padre le dice:

—Mañana mismo compramos los pasajes.

—¿Por qué ese apuro? Recién estás arreglando tus cosas aquí, todavía tienes asuntos pendientes con tus primos y los abogados.

—¿Sabes qué vamos a hacer? Tú te quedas, al fin y al cabo, tú eres el heredero principal.

Capítulo 36

De vuelta a Los Naranjos

22 de septiembre de 1992

Han pasado cinco años desde la primera visita al cafetal. Esta vez van equipados con mejores recursos y con la experiencia de otros trabajos. Ya no son estudiantes, desean crear un centro turístico en las montañas usando las ruinas del lugar. Jean es otro, ha viajado a París y ha asumido la nacionalidad francesa. En España conoció a los arquitectos sin fronteras y les hablo del lugar que quería rescatar. Desciende del auto y pregunta: ¿Cuándo partimos?

—Carmen no ha llegado.

—No sabía que estaba incluida. ¿Quién la contactó?

—Imposible no hacerlo, las fotos, las notas y los croquis los tiene ella, nunca los entregó al instituto – Contesta Odalis.

—No importa, ya es tiempo de que ella y yo aclaremos algunas cosas.

—¿Qué cosas?

—Cosas nuestras, no te preocupes.

Llega Carmen, está radiante, con el pelo más corto y amplios espejuelos que tratan de ocultar los ojos negros. Él le sonríe, ella le extiende la mano. Jean la atrae hacia él y la besa en la mejilla.

Durante el viaje Jean piensa que no hay nada que desee más que rescatar Los Naranjos. Se ha convertido en su gran obsesión, aunque no haga otra cosa en su vida quiere que ese lugar perdure y guarde el recuerdo de Carmen y el francés para siempre. Pasan por el pueblo y llagan al pedraplén, nada ha cambiado. El farallón, la cima y el precipicio, donde se para a contemplar el cielo que se confunde con los cafetales y el olor a naranja. La densa neblina impide que vean el valle, deciden seguir la marcha y llegan al bohío, no hay nadie. Al fin el viejo portón, detrás nada, pocos restos de madera y piedras por todas partes, tejas, hierros torcidos. ¿Dónde está el techo de tejas a cuatro aguas? La escalera, el balcón, la fuente del jardín. Todo ha desaparecido... Lloran.

Se aproximan al batey donde los espera Lucía, vestida con esos colores llamativos que la caracterizan.

—Que tristeza ver que todo está en ruinas, nadie nos informó la situación de este lugar —dice Jean – no hay nada que hacer.

—Tristemente es así, la desgracia de las lluvias y el huracán terminó con todo, apenas pudimos sobrevivir y salvar lo que tenemos, el cultivo se malogró y solo hemos podido sobrevivir gracias a la voluntad de estos guajiros que no quieren irse de estás tierras.

Pareciera que la tristeza ha sembrado el dolor de la perdida en todos, pues sin razón alguna, cada uno se retira a alguna parte a contemplar lo que consideraban ya parte de ellos también. Carmen se acerca a Lucia y le pregunta:

—¿Cómo estás? Supe que Marianela se fue del batey. Me imagino como debes sentirte.

—Si, ella decidió buscar vida fuera de este lugar y cuando me escribe siempre me dice que esta es su tierra pero que aquí nunca sería ella misma. Mira esta fue la primera carta que me mando – Carmen toma el papel y lee:

—Esta es la historia de lo sucedido antes de mi partida, te lo escribo mi *maita* desde lo profundo de mi corazón:

"La tierra me parecía vacía cuando corría entre los árboles y los helechos de la húmeda colina que ocultaba la vieja casa del batey. Siempre disfruté correr entre los pequeños arbustos y la hierba verde de los matorrales, ver a los guajiros que se acostaban con sus mujeres a cualquier hora del día, o de la noche, porque no podían resistir el deseo primitivo de hacer un sexo sudoroso y animal mientras esperaban que cesara la lluvia, o que endureciera el lodo para continuar la labor.

Oía las historias de mujeres embarazadas con hijos sin padre y se creó en mí un rechazo a la idea de entregarse a cualquier hombre, pues temía ser parte de la estadística común. Sabes que soy desconfiada y me costaba mostrar mi belleza, esa belleza salvaje que me hacía llamativa a los ojos de cualquier varón. Mi hablar seco y tosco, el andar a caballo con camisa y botas altas, tratando de ocultar mi feminidad, me convirtieron en un guajiro más con el que los trabajadores compartían sus historias de conquistas y amores en el pueblo y, sobre todo, cual es la mujer más deseada para el próximo baile.

Sabes que nunca asistía a los bailes, trabajaba mucho y además cuidaba los animales del corral. El tiempo restante lo ocupaba en la lectura, leer era lo que más deseaba hacer. Leia todo lo que cayera en mis manos, por eso los vecinos me consultaban a menudo, porque decían que seguro "yo había leído sobre eso". Me respetaban, sí que me respetaban y admiraban. Tú sabes las mujeres del pueblo solo parir y criar muchachos, no entendían que bailar no era solo lo que se hacía en el batey. Yo sabía que había otro baile que le llamaban *ballet*, aunque nunca lo hubiera visto. Sabía que más allá de los límites del pueblo había otro mundo donde había muchas cosas sobre las que había leído, que había algo más que una guayabera o un vestido blanco para ir al baile, que había algo más que ron y sudor.

Las únicas personas con las que podía conversar eran la maestra y la enfermera, pero ellas no estaban siempre en el pueblo. Las mujeres de la familia, tú sabes, solo hablaban de conquistar a sus maridos para que las llevaran de compras. Lo que más deseaba era poder ver el balé, ver a esa bailarina que salía en las revistas parada de puntas, como la que tenía colgada en mi cuarto. Antes de dormir era la imagen que siempre quedaba en mis ojos. Muchas veces me imaginaba que yo misma bailaba.

Ese día en el caserío vi el anuncio que venían unos bailarines y darían una función en el salón de baile, el balé había venido a mí. Llegué temprano al salón y vi a los bailarines alzando a una joven, pero no tenía zapatillas, ni plumas en el tutú. Todo el día estuve observando el ensayo y allí me quedé quieta, sin palabras hasta que el salón se llenó, sonó la música y comenzó la función. Luego se apagaron las luces y se fueron todos al batey y al ron. Yo solo me imaginaba en el centro del escenario. De pronto, alguien camina hacia mí, era la otra, la que no llevaba tutú, la que había danzado esa noche. Venía con un hombre alto y corpulento, también bailarín.

Allí en el mismo salón hablamos de baile contemporáneo y supe que los de la compañía se quedarían en las casas de la comunidad, porque en el pueblo no había hotel donde alojarse. La invite a venir a mi casa. Partimos y desde la casa escuchábamos la música del baile y por primera vez alguien me contó de las cosas que deseaba conocer, de la ciudad, de lo que yo imaginaba y nunca había visto.

Los bailarines visitaron todos los caseríos cercanos durante una semana. El otro joven estaba en la casa de mi tía Lula y se iban temprano al caserío. En la noche volvíamos a las charlas sobre las cosas por conocer y experimentar y ellos bailaban para mí y me enseñaban cosas de las que nunca había oído hablar. Me mostraron un mundo que cada día me parecía más fascinante.

Llegó la última función, después del ensayo en la mañana nos fuimos al rio y disfrutamos los giros en el agua y la cascada. Me pidieron que me fuera con ellos a la ciudad, que yo era muy joven y que me ayudarían a seguir mi sueño de ser bailarina. No lo pensé y cuando se fueron también yo me monté en el autobús y me fui. Sé que te debe haber dolido y muchas veces te preguntarás cómo estoy. Solo puedo decirte que soy feliz, con ellos aprendí del baile, me enseñaron mucho y me llevaron a conocer el mundo. Ahora soy otra persona.

—Ella es feliz — le dice Carmen a Lucia – me alegro de que no tuvo temor y siguió lo que su corazón deseaba.

—Si profesora, estoy triste porque ella era mi sol y mi compañía, pero también cuando leo sus cartas sé que hizo lo mejor para ella y al final no vivió la destrucción de Los Naranjos, ella amaba este lugar y la casona era el lugar donde realizó todos sus juegos de niña, el rio, el manantial eran sus lugares favoritos.

—Míos también Lucia, este lugar representaba para mí una gran ilusión, poder ayudar a reconstruir una historia fascinante y darle un nuevo aire de felicidad en medio de este paraíso a Los Naranjos.

—Lo importante es que tú y los muchachos están aquí ahora y nos han dado una gran alegría, saber que no se olvidaron de nosotros.

—Mira Lucia, te traje unas fotos de cuando vinimos la primera vez, es un recuerdo, mira la casona para que también le puedas mandar a Marianela.

Capítulo 37

El secreto de Andrés

Odalis y Clara caminan por el viejo pueblo rumbo a la tiendilla, en busca de alguna comida y de ron para ese último día en que se despedirían de Los Naranjos. Los demás se ha quedado cada cual en lo suyo, pero Odalis desea escuchar otra historia de los labios de su amiga, pues todos han sido amigos desde el primer día en que se conocieron en la universidad y aunque ya no viven cerca la amistad no ha mermado.

Clara comienza la narración:

—No hay dudas, era Andrés el que tarareaba una canción frente a mi puerta. Después de cinco años saludaba al amigo. Allí estaba mi Adonis, con el que había soñado en mi adolescencia, mi patrón a conquistar. Al saludarnos mis labios rozaron el cuello de su camisa y allí quedo la acostumbrada marca de pintura de labios por la que peleábamos de jóvenes. Su pecho menos marcado que antes, afeitado, y los brazos peludos que yo amaba, ahora tatuados. El pelo sobre su frente había desaparecido y dos grandes entradas marcaban la madures. Hablamos sin cesar, como siempre, él contándome su vida, sus nuevas verdades y otras que no supe hasta más tarde.

La reunión comenzó con chistes y anécdotas del pasado. Comimos. Y comenzaron las preguntas y respuestas no esperadas. – "Andrés ¿Qué paso con tu matrimonio?"

—Tú sabes nos mudamos al consultorio recién casados y ella esperando al niño. En esa etapa solo era trabajar y cuidar del bebé. En el campo no hay mucho que hacer. Allí vivíamos solos y no notábamos que cada cual hacia lo que quería, nadie nos criticaba, ni se fijaban en lo que era o no diferente. Al regresar a la casa de mis padres ya empezó la otra historia, no éramos nosotros solos, había otros observando y compartiendo el mismo espacio. Ella estaba haciendo la especialidad y conoció a un paciente del que se enamoró, me comentó que no habían tenido relaciones, pero que no tardaría en suceder, decidió irse y llevarse al niño.

—¿Todavía están juntos?

—Si, y parece están muy bien.

—¿Y el niño?

—Está conmigo, la verdad, a ella no se le da muy bien la maternidad. Se lo lleva los fines de semana en ocasiones, pero está con mi familia prácticamente el ochenta por ciento del tiempo.

El inevitable debate se produjo y el tema de la infidelidad abarcó el ambiente. Terminamos con una encuesta anónima sobre cuánto de los presentes habían tenido inclinación por ser infieles en algún momento. Al recoger las boletas la mitad de los presentes lo había pensado. A mí me resultó curioso que nos conocemos hace más de diez años y nunca me había preguntado si alguno de mis compañeros de la universidad le habría sido infiel a sus parejas, pues todos andábamos en el mismo grupo y la mayoría estaban juntos desde mucho antes de que comenzáramos la carrera.

Al leer los resultados el ambiente cambió. Nadie se expresó alarmado, pero algunos decidieron marcharse, quizás presintiendo que, con el transcurso de la noche, algunas otras cosas ocultas saldrían a relucir. Lo que comenzó anónimamente podía pasar a ser revelado. A mí no me interesaba saber de quién era cada boleta, pero a otros la intriga les ganó y comenzaron la indagación.

Debo admitir que al principio la conversación no era de mi agrado, la idea de reunirnos era para que recordáramos viejos tiempos, pasar un buen rato y más que todo saber que habíamos hecho en esos años en relación con lo que habíamos estudiado. Bueno y un poquito de chisme, pero sin mala intención. Ahora me doy cuenta de que la vida nos lleva por caminos a veces no imaginados y reconectar con amigos significa aceptar a los amigos como son y no como queremos o deseáramos que fueran.

Unos meses antes al comentarle a Andrés que quería que nos reuniéramos y buscar a los demás, no imaginé que para él la situación seria un poco más incómoda porque todos preguntarían sobre lo sucedido en su matrimonio. Después de graduarnos cada cual se fue a su lugar de origen y la mayoría ya estábamos comprometidos o en pareja, él se casó recién graduado. Los demás cada uno o se quedó con la misma pareja o busco otra, en mi caso, un par de divorcios.

Con el pasar de la noche y los tragos, nuevos velos se fueron cayendo, y las realidades de cada uno fueron sorprendiendo al otro, desde los que no han trabajado en nada parecido a lo que estudiaron, o los que cambiaron de opinión sobre religión o política. Sobre todo, como la experiencia de ser madres o padres les ha cambiado la vida y las otras necesidades de cambio por la edad. Al final Andrés después de muchos tragos comenzó a hablar de sus propios cambios:

—A mí la religión siempre me pareció fascinante y con los cambios en la vida de casados me acerqué mucho a la comunidad de los Jesuitas que está cerca de mi casa, allí me involucré en los estudios que ellos daban y con el tiempo me interesó la vida que llevaba, la dificultad era mi hijo, Andresito. Viendo ellos que mi interés era real, me propusieron que le diera al niño en adopción a mis padres y así yo podría libremente entrar al seminario. Claro, no significa que haya desatendido completamente a mi hijo, pero ya sabes mi mamá siempre lo quiso como de ella y de todas formas también pasa tiempo con Silvia. Además, mi papá lo lleva y lo trae como conmigo cuando yo era niño, tú sabes que le encanta el deporte, sobre todo eso de irse a nadar. Ahora aquí me ves, dentro de poco: "Tu amigo el cura". ¿Qué te parece?

Odalis, que ha escuchado la historia silenciosamente, se sonríe y dice:

—Me alegro, yo sabía que él no sería feliz con Silvia, ella siempre me dio la impresión de que buscaba más allá de la vida que tenían juntos. En mis visitas a su casa, nos dejaba solos y se iba al cuarto con el pretexto del bebé, pero yo sabía que era porque las cosas de él no le interesaban mucho. Ahora, que buena doctora es, no se puede negar, la gente la quería porque les dedicaba tiempo a los pacientes y a la hora que fuera.

Llegan a la tienda y escogen las cosas para la reunión de la noche, a donde han invitado a los guajiros que tanto los ayudaron y a los que posiblemente nunca volverán a ver. De regreso continúan la charla y esta vez Odalis le pregunta a Clara:

—Cuéntame sobre tus padres, después que se movieron de la ciudad ya perdimos el contacto, supe que tu papá murió.

—Si el viejo se fue poco después de mudarnos, el tratamiento funcionó como esperábamos y en un santiamén se nos fue. Mi madre quedó destrozada y yo a cargo de ella, afortunadamente una amiga trajo a la casa a un sacerdote que había estudiado psicología y junto a su experiencia y la fe de mi madre, logró sacarla adelante. Ella desde entonces anda muy involucrada en las cosas de la parroquia, ayuda como catequista y se siente útil, imagínate que hubo un tiempo que quería que me hiciera monja

—Jajajajaja, – la otra no puede evitar las carcajadas.

—Sí y mandaba las monjas a la casa para que me convencieran, lo bueno es que me encontré con Joaquín que tocaba el órgano y primero porque le pedí que me ayudara a quitarme a mi mamá y las monjas de encima y después porque verdaderamente nos enamoramos, pude librarme de ese tormento. Yo creo que me precipité con ese matrimonio, porque ya ves nos divorciamos al año, pero yo me liberé de la tortura de las monjas. Después me volví a casar y de todas formas aún no encuentro al hombre que me entienda y me deje esculpir con tranquilidad, no entienden por qué me paso horas observando y dibujando lo que llaman "esas cositas pequeñas que haces".

—Es que tus esculturas de miniatura son complejas, muchas veces hay que verlas con lupa.

—Por eso mismo, también las trabajo con lupas, es medio complicadito, pero para mí es la realización de lo que siempre he querido ser.

—Amiga me alegro por ti, sabes que siempre te he querido mucho y sé cuánto te esforzarte para graduarte, aunque quieras hacer otra cosa.

—Si amiguis, mira, al final volvemos a este lugar y lo que imaginamos por mucho tiempo se ha convertido en polvo. Pero nos queda la amistad.

Capítulo 38

Los Naranjos para siempre

Los Naranjos, 23 de septiembre de 1992

Todos se han reunido en la explanada donde estaba la casona y han improvisado una fogata, Carmen ha traído su guitarra y los jóvenes han preparado carne y algunas viandas con la ayuda de las mujeres del batey. Algunos guajiros se les han unido y cuentan lo que ha pasado en los dos últimos años, cómo las aguas y el ciclón arrasaron la zona, que los evacuaron y los llevaron al pueblo cercano y al regresar no había nada.

—Es muy triste perderlo todo – comenta Carmen – han debido empezar de cero.

Bueno las autoridades nos ayudaron, pero la verdad el trabajo mayor lo hicimos nosotros aquí, cortamos árboles, construimos nuevos bohíos, arreglamos el curso del rio, porque se desbordó y tapo los naranjales y los cafetales, tuvimos que comenzar a preparar la tierra llena de una maleza que creció en cuestión de días sobre las plantas muertas de café.

—Suena terrible y me imagino que los animales se perdieron o murieron.

—Ni se imagina joven, estaban tirados por todas partes y sus cuerpos podridos despedían un olor que no se resistía, también murieron algunos guajiros que no quisieron evacuarse, la gente es muy terca muchas veces.

—Lo triste es que no ha quedado nada, es como si hubieran barrido con el lugar, como que la tierra se tragó todo lo que había.

—Imagínese que las aguas bajaban por las montañas kilómetros y kilómetros abajo, también el rio desbordado se llevó lo que se encontró a su paso hasta la costa.

—Qué pena, pero bueno hoy estamos aquí recordando nuestra primera visita y recordando a los que ya no están.

—El viejo Ramón hasta el final esperó verlos volver porque decía que el joven Jean vendría a levantar el cafetal nuevamente.

—Cuanto lo siento, hemos tardado un poco, pero aquí estamos, aunque sea para recordarlo.

—Y Juan que cumplió su palabra de cuidar la casona hasta que murió, un día vino a despedirse dijo que ya iba a descansar y no sabemos a dónde fue, nunca más volvió.

—Así es la vida, los viejos se van yendo, también un día nos tocara a nosotros.

Va cayendo la tarde entre música, comida y ron, la despedida de un capítulo en la vida de los estudiantes y Carmen, la profesora. La historia de un cafetal, su gente y un batey que nunca olvidarán. Reunidos alrededor de la fogata cantan viejas canciones, se ríen de anécdotas de la universidad y de las cosas que no pueden olvidar de la primera vez que estuvieron en el cafetal.

Un ambiente de nostalgia y alegría a la vez los envuelve, pareciera que todos al final aceptaran la desaparición de Los Naranjos. Los guajiros empiezan a retirarse y van quedando solo los antiguos estudiantes, se empeñan en que la tarde se alargue, pues saben que es la última vez que verán ponerse el sol entre las montañas de aquel lugar. El cielo rojizo y el olor a café secándose son el toque perfecto para mantener ese día en el recuerdo. Los últimos tragos del ron que venden en la tienda del pueblo y el tasajo que trajeran las guajiras para compartir, un poco de hayacas, yuca y congrí son parte de la cena que les ha quedado para terminar la velada.

Nadie quiere reconocer que la tarde se aleja y permanecen juntos hasta que el fuego de la fogata se extingue. Ha terminado el día y también la aventura.

Capítulo 39

El final

Ha caído la noche y los grillos cantan, el olor a jazmín los envuelve y enroscados en una cobija miran el cielo estrellado. A lo lejos el toque de los tambores. Jean se levanta y camina hasta el rio. La luna brilla en el agua y la corriente parece tocar una melodía triste. Carmen lo sigue y se sienta a su lado.

—Este lugar me enamoró la primera vez.

—Tu no crees en el amor.

—Es verdad.

—En Francia solo deseaba volver aquí y en ocasiones soñaba que estabas conmigo.

—Si, yo pensé mucho en el francés, su mujer, las coincidencias, los naranjos, el amor.

Jean la mira y ella sonríe.

—Te dije me sonreirías en Los Naranjos.

Jean la abraza y la besa, ella siente por primera vez que puede amarlo sin miedo y se abandona a la experiencia. El gallo canta, los sinsontes revolotean sobre las flores de los naranjos y la silueta de la montaña resplandece a la luz del naciente sol. Los amantes saben que los espera París, la ciudad de dónde Jean Joubert viajó al cafetal con su esposa Carmen. “Los Naranjos” ha muerto, pero el amor del francés y la española sigue vivo.

Notas al Lápiz: Los Naranjos.

Augusto Lemus Martínez

El célebre Voltaire (1694—1778) hombre preclaro del pensamiento filosófico, se burlaba de los doctores que desaconsejaban el café, afirmando "Si el café es un veneno, debe ser muy lento: hace ochenta años que lo estoy tomando y no he muerto todavía". En otro tiempo un criado, diligente, servía asiduamente una espumosa y humeante taza del "néctar negro de los dioses" a Victor Hugo (1882-1885) durante el febril proceso de escribir su obra cumbre "Los Miserables". El café ha conformado el gusto de cientos de celebridades históricas y del profundo tejido social de multitudes en la dimensión sincrónicas y diacrónicas de épocas y latitudes diversas.

La Revolución, encabezada por Toussaint L´Ouverture, a finales del siglo XVIII que se produce en Haití determinó la fuga en masa de franceses residentes en dicho país, junto a parte de sus dotaciones de esclavos y libertos a la isla de Cuba, asentándose principalmente en la franja montañosa de la sierra Maestra y en la cordillera de Nipe-Sagua-Baracoa, territorio que hoy están comprendidos en las provincias de Santiago de Cuba, Guantánamo y Holguín.

En los albores del siglo XIX sucesivas oleadas de estos inmigrantes fomentaron los asentamientos poblacionales y cafetaleros de la Cuenca de Guantánamo que dejó de ser una zona prácticamente despoblada para contar ya en 1819 con 78 haciendas dedicadas a este cultivo.

Las primeras referencias que se tienen del cafetal Los Naranjos corresponden al año de 1851, cuando Juan Bautista Chibás compró 15 caroes de tierra firme a Benjamín Starch, donde fomentó el cafetal, que para entonces colindaba con las haciendas cafetaleras el Ermitaño, Joven María, Dios Ayuda y Monte Verde.

"Los Naranjos" fue el más completo conjunto agroindustrial cafetalero, de la región de Yateras en Guantánamo, poseyó 10 secaderos, constituyendo la base despulpadora del grano en el siglo XIX. En esos secaderos, en días de celebración y asueto, se desarrollaron como parte del patrimonio no tangible de la cultura cubana, valores músico-danzarios creados o trasmitidos por los esclavos, en los cantos y bailes de la "Tumba Francesa". En ellos, con refinada elegancia bailaban los hombres; las mujeres, con coquetería, derrochaban donaires versallescos, copiados de las amas blancas, pero sazonados con cierta picaresca criolla, idóneos para las voluptuosidades del mestizaje africano, galo e hispánico.

En las ruinas de la otrora esplendente hacienda "Los Naranjos" se conservan los antiguos tanques de fermentación, un tramo del muro acanalado original subsiste aún y la represa construida, aproximadamente a 600 metros de la casa continúa hoy abasteciendo al pequeño poblado.

La casa señorial fue portento humano surgido en el joyel de la naturaleza salvaje y virgen. El viajero norteamericano Samuel Hazard la describió como: "el más lindo lugar de cuantos visité es el conocido Naranjal, situado muy alto en las montañas sobre una meseta y extendiendo el cultivo en lugares todavía no vistos". Se yergue como construcción de tipología no hispánica en el Caribe, de dos plantas, los pisos, de maderas de diferentes colores, le han brindado perspectivas cromáticas que enriquecieron, junto con el mobiliario, el espacio habitacional. El techo a cuatro aguas, de zinc galvanizado plano, podía observarse desde la distancia, dada la posición elevada del asentamiento; las ventanas fijas igualmente brindaban la posibilidad de otear el horizonte y los confines de la posesión, a la vez que permitía la circulación de las brisas.

Los restos de tumbas fúnebres en formas de montículos localizados en el cementerio cercano a la casa de vivienda denotan la característica no hispánica de los mismos.

De la "orilla negra"[1] de Cuba –Haití– nos llegó ciencias y esencias de nuestra identidad, en 1895 el apóstol de la independencia del verde caimán antillano, José Martí, partió desde cabo haitiano a Playita de Cajobabo para inmolarse en la "Guerra Necesaria". Martí amó y fue amado en la patria de Dessalines.

Al concluir la guerra independentista en Cuba muchas de las esplendentes haciendas cafetaleras quedaron en ruinas. Entre el lujuriante verde del follaje, enzarzado con el vapor neblinoso de las nubes, en los vestigios de "Los Naranjos" aún pervive algún rosal en flor, y como la rosa de Francia hoy retoña el clamor de vida en esta novela breve de Salomón Leroux, brevedad grávida de reminiscencias, esotéricas coincidencias, pletórica de planos ideo temáticos, que apenas apuntados dan cabida a otras historias, otras rendijas al filo de la navaja de la subsistencia.

En el 2000 en la reunión del Comité del Patrimonio Mundial de la UNESCO fueron declarados Patrimonio de la Humanidad, los asentamientos cafetaleros quedando inscritos con el nombre de Paisaje Arqueológico de las primeras plantaciones cafetaleras en el sudeste de Cuba. Las ruinas de "Los Naranjos" es una denuncia muda a la depredación, por acción o indolencia, del hombre a su historia, cultura y patrimonio.

---

[1] La expresión está tomada de una carta de José Martí al poeta haitiano Edmond Hereaux.

ÍNDICE

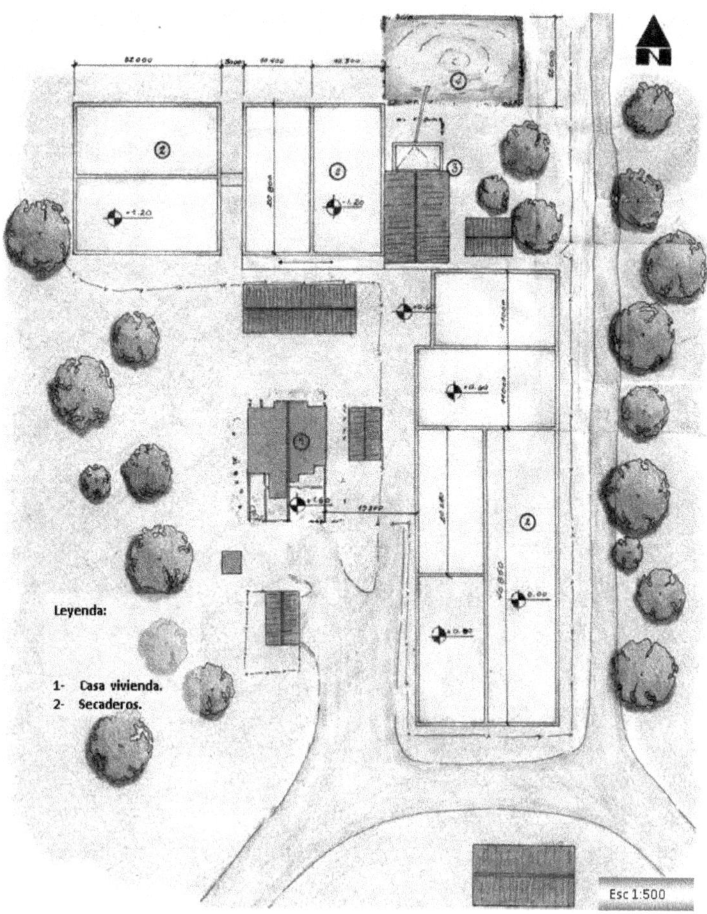

Fig. #8- Plan general.

Los Naranjos

Los Naranjos

La Deseada

San Isidro

Bella Vista

Dios ayuda

L´Ermitage

www.ingramcontent.com/pod-product-compliance
Lightning Source LLC
LaVergne TN
LVHW050553160826
845677LV00011B/2295

9798817843729